5 Journal Ein Journal der Aktivitäten führen 63

6 Notizen Ordnung halten mit digitalen Notizen 74

7 E-Mails Elektronische Korrespondenz erledigen 79

Anhang

Thomas Hoffmann
Herausgeber

Zu diesem Buch

Da der Taschenkalender, dort das abgegriffene Adreßbuch, dazwischen das Häufchen gesammelter Visitenkarten, das Ganze garniert mit diversen Zettelchen voller Gedankenblitze und eilig hingeschmierter Telefonnotizen. So sah es auch auf meinem Schreibtisch lange aus. Der Schritt hin zu einem Zeitplanungssystem sorgt dafür, daß manche geniale Idee nicht im Papierhaufen versauert, und auch die Suchzeit nach Adressen verringert sich auf wunderbare Weise.

Elektronische Zeitplaner wie „Outlook" von Microsoft können inzwischen weit mehr, als nur den Terminplaner und das Adreßbuch ersetzen. Das Programm, das seine Premiere im Office-97-Programmpaket von Microsoft erlebte und inzwischen in der zweiten Auflage mit der Versionsnummer 98 erhältlich ist, empfängt auch Ihre elektronische Post aus Internet, Online-Dienst oder dem Firmennetz. Outlook ersetzt zudem am Computer den Notizzettelkasten und führt auf Wunsch ein Journal über alle von Ihnen verfaßten Briefe, Berechnungen, Faxe und anderen Schriftstücke. Kurzum: Outlook kann zu Ihrem „persönlichen Informations-Manager" werden.

Damit die Selbstorganisation klappt, erfahren Sie in diesem Buch alles über die richtige Bedienung des Programms. Wie von ComputerBILD gewohnt, kommen Sie durch einfache Schritt-für-Schritt-Anleitungen umgehend zum Ziel.

1 Erster Programmstart

Bevor Sie das erste Mal mit Outlook 98 arbeiten können, müssen Sie das Programm zunächst installieren. Hierbei werden die benötigten Daten auf Ihren Computer übertragen. Falls das Programm bereits auf Ihrem Rechner vorhanden sein sollte, können Sie die Installation getrost überspringen - das Programm ist bereits lauffähig.

In diesem Kapitel erfahren Sie,

- was Outlook 98 alles bietet,
- wie Sie Outlook 98 installieren,
- wie Sie Outlook 98 starten,
- und wie Sie Outlook 98 wieder beenden.

Kapitel-Wegweiser

Was kann Outlook 98?

Outlook 98 ist ein vollständiger Informationsmanager, auch PIM - Personal Information Manager - genannt. Sie können mit Outlook 98 Ihre Termine und Projekte verwalten, aber auch die Adressen von Freunden oder Kunden. Und wenn Sie Ihre Notizen nicht mehr auf Papier festhalten möchten, so können Sie diese ebenfalls innerhalb von Outlook 98 ablegen. Weiterhin lassen sich mit Outlook 98 auch Journale und letztendlich sogar Dateien verwalten, was das Programm zu einem der leistungsstärksten Programme dieser Art macht.

Sofern Sie über ein E-Mail-Konto bei einem beliebigen **Online-Dienst** verfügen, können Sie mit Outlook 98 Ihre gesamte elektronische Post erledigen. Wenn Ihre Freunde und/oder Kollegen ebenfalls mit Outlook 98 arbeiten, ist es sogar möglich, über E-Mails Besprechungen oder Konferenzen zu planen und direkt in Ihren Kalender einzutragen.

Trotz der vielfältigen Einsatzmöglichkeiten ist Outlook 98 sehr übersichtlich und auch leicht zu bedienen.

Systemvoraussetzungen

Grundsätzlich gilt für Outlook 98 die Faustregel: Je schneller, desto besser. Outlook 98 läuft jedoch auch auf „langsameren" Systemen.

Die Mindestanforderungen:

- **Prozessor**: 80486DX2/66
- **Betriebssystem**: Windows 95 oder folgende; **Windows NT** benötigt das Service Pack 3
- **Arbeitsspeicher**: 8 MB RAM; 16 MB RAM unter Windows NT
- Festplattenspeicher: mindestens 100 MB freier Festplattenspeicher in der Vollinstallation
- Für den Austausch von E-Mails mit einem Online-Dienst sollten Sie über ein Modem oder eine **ISDN**-Karte verfügen.

Installation von Outlook 98

Bevor Sie Outlook 98 nutzen können, müssen Sie das Programm zunächst auf Ihren Rechner übertragen.

1 Speichern Sie alle ungesicherten Dokumente oder Dateien, und beenden Sie alle noch aktiven Programme.

2 Öffnen Sie das **CD-ROM**-Laufwerk, und legen Sie die Outlook 98-CD ein.

Nachdem Sie das CD-ROM-Laufwerk wieder geschlossen haben, startet das **Installation**sprogramm von Outlook 98 selbständig.

3 Klicken Sie mit der linken Maustaste auf die Schaltfläche „Installation von Outlook 98".

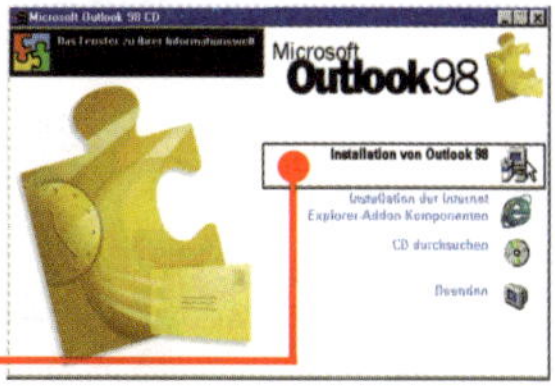

> **! CD von Hand starten**
>
> Falls das Installationsprogramm nicht automatisch starten sollte, haben Sie eventuell die automatische Benachrichtigung beim Wechsel von CD-ROMs ausgeschaltet. Klicken Sie mit der linken Maustaste doppelt auf Symbol 
> .
>
> Im nun geöffneten Arbeitsplatz klicken Sie, ebenfalls doppelt, auf das Symbol des CD-ROM-Laufwerks. 

4 Der Installationsassistent führt Sie nun durch die Installation.

Bestätigen Sie den Willkommensbildschirm mit einem Klick auf die Schaltfläche 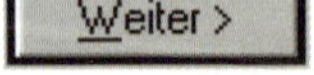
.

5 Stimmen Sie als nächstes dem Lizenzvertrag zu

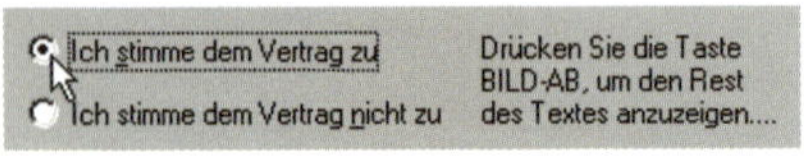

und klicken Sie auf die Schaltfläche 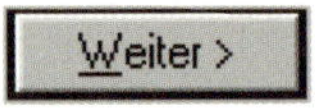
.

6 Geben Sie im nächsten **Dialogfenster** Ihren Namen und gegebenenfalls Ihre Organisation ein.

Nachdem Sie auch den CD Key eingetragen haben, können Sie mit einem Klick auf

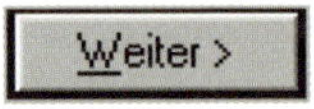

mit der Installation fortfahren.

7 Wählen Sie im nachfolgenden Dialogfenster, welche Installation Sie wünschen.

In der Standard-Installation werden alle nötigen Elemente für Outlook 98 auf Ihre Festplatte übertragen.

Achtung Outlook 97

Wenn Sie zuvor das Programm Outlook 97 auf Ihrem Rechner installiert hatten, so wird bei der Installation von Outlook 98 die alte Programmversion überschrieben. Beachten Sie bitte auch, daß sich die Installation in diesem Fall von der hier beschriebenen Installation unterscheidet.

Mit einem Klick auf die Schaltfläche

Weiter >

gelangen Sie ins nächste Dialogfenster.

8 Bestimmen Sie hier, auf welche E-Mail-Dienste Sie mit Outlook 98 zurückgreifen möchten.

Wenn Sie lediglich über E-Mail-Adressen bei Online-Diensten wie AOL, CompuServe, MSN oder T-Online verfügen, wählen Sie

Nur via Internet

Outlook optimal einrichten für den alleinigen Betrieb mit Internetdienstanbietern oder E-Mail-Servern, die Internetstandards für die Übermittlung von E-Mail (POP3, SMTP oder IMAP) verwenden.

Ist Ihr Computer in ein Computernetzwerk eingebunden, so benötigen Sie weitere Komponenten für die Benutzung von Outlook 98. Diese werden zusätzlich zu den Komponenten von „Nur via **Internet**“ installiert. Wählen Sie in diesem Fall

Unternehmen oder Arbeitsgruppe

Outlook optimal einrichten für den Betrieb mit Microsoft Exchange, Microsoft Mail 3.x, E-Mail-Diensten von Drittanbietern oder einer beliebigen Kombination davon plus Internet-E-Mail.

Schließlich können Sie Outlook 98 auch ohne E-Mail-Funktion nutzen. In diesem Fall verringert sich der Speicherbedarf des Programms.

Kein E-Mail-Dienst

Outlook wird nicht zum Lesen von E-Mail eingerichtet. Wählen Sie diese Option, wenn Sie keine E-Mail verwenden oder ein anderes Programm zum Lesen von E-Mail verwenden.

Nachdem Sie sich für eine Installationsvariante entschieden haben, klicken Sie auf die Schaltfläche

Weiter > .

9 Wählen Sie als nächstes den **Ordner**, in den Outlook 98 installiert werden soll.

Bestätigen Sie den Installationspfad mit einem Klick auf die Schaltfläche

Weiter > .

10 Outlook 98 wird nun auf Ihren Computer installiert.

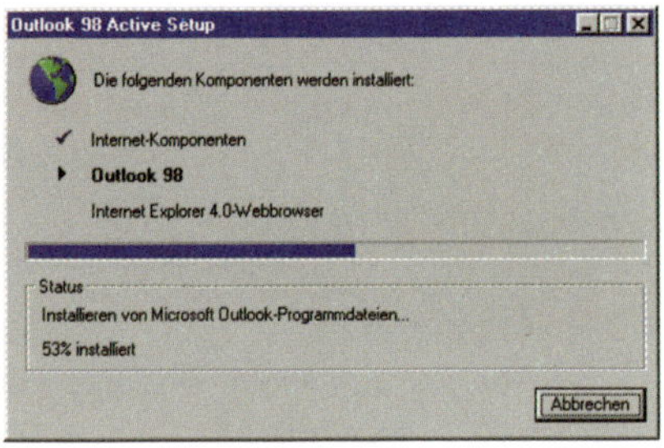

Outlook 98 starten

Nach der Installation von Outlook 98 können Sie das Programm das erste Mal starten.

1 Klicken Sie mit der linken Maustaste in der Task-Leiste von Windows auf das Symbol 

.

2 Positionieren Sie den Mauszeiger im Start-Menü auf dem Eintrag

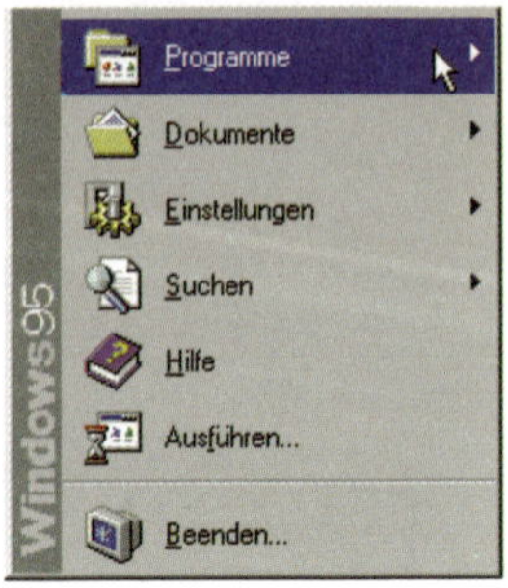

.

3 Im nun aufklappenden Programm-Menü klicken Sie wiederum mit der linken Maustaste auf den Eintrag

.

4 Outlook 98 wird gestartet, und der Office-Assistent begrüßt Sie.

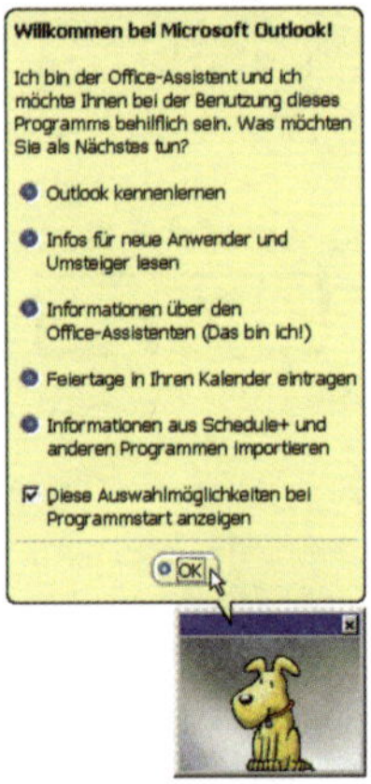

Wenn Sie nicht bei jedem Programmstart mit den dargestellten Informationen des Office-Assistenten begrüßt werden möchten, deaktivieren Sie diese Einstellung mit einem Mausklick auf:

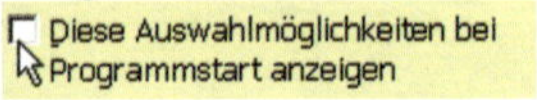

CompuServe-E-Mail konfigurieren

Damit Sie Outlook 98 mit Ihrem CompuServe-Konto nutzen können, gehen Sie wie folgt vor:

1 Bevor Sie Ihre CompuServe-E-Mails mit Outlook 98 empfangen können, müssen Sie innerhalb von CompuServe das POP3-Protokoll einrichten. Stellen Sie hierzu wie gewohnt die Verbindung zu CompuServe her, und wechseln Sie zu den Seiten

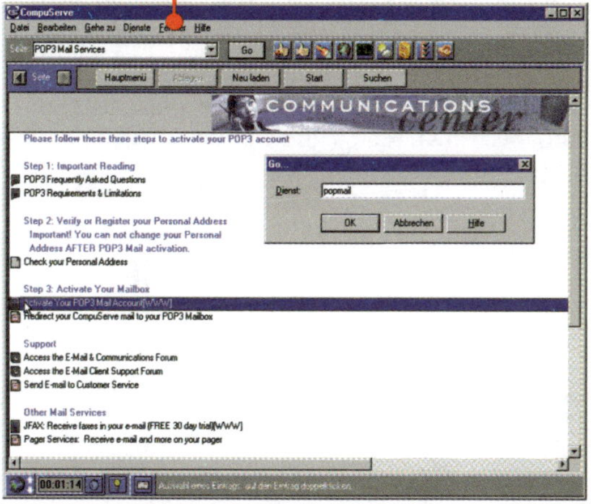

Klicken Sie hier doppelt auf den Eintrag

Geben Sie Ihre Benutzerinformationen ein, und folgen Sie den weiteren Anweisungen von CompuServe.

2 Nachdem Sie Ihr E-Mail-Konto bei CompuServe auf das POP3-Protokoll umgestellt haben, können Sie jetzt Outlook 98 für das E-Mail-Konto einrichten.

Klicken Sie in der **Menüleiste** auf den Eintrag

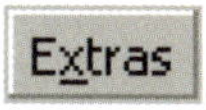

, und wählen Sie im geöffneten Extras-Menü den Befehl

3 Danach klicken Sie im Dialogfenster Internetkonten auf die Schaltfläche

und wählen im sich öffnenden Menü den Befehl

.

4 Es startet der „Assistent für den Internetzugang", in dem Sie nun Ihr E-Mail-Konto einrichten. Geben Sie zunächst den Namen ein, der bei den Empfängern Ihrer Nachricht als Absender auftauchen soll.

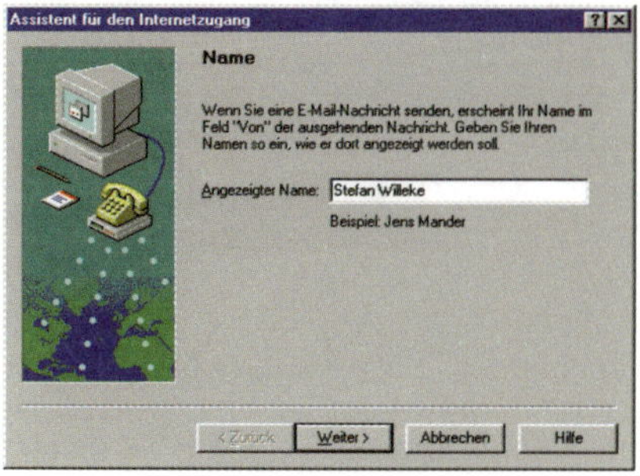

Mit einem Klick auf die Schaltfläche

gelangen Sie in das folgende Dialogfenster.

Tippen Sie hier Ihre E-Mail-Adresse ein, und klicken Sie auf die Schaltfläche

.

Im nun erscheinenden Dialogfenster tragen Sie die Informationen für den E-Mail-Server von CompuServe ein.

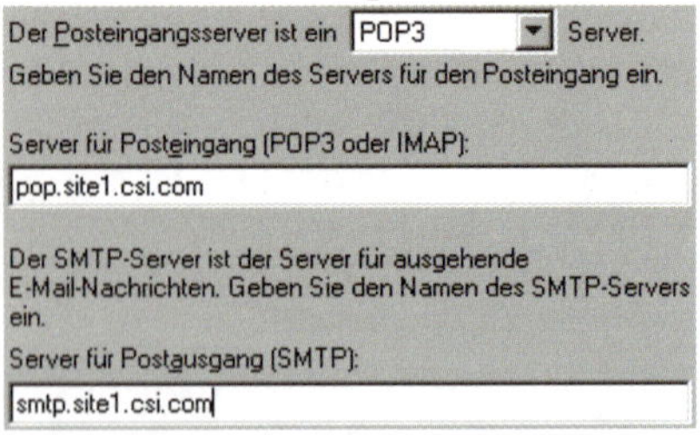

Fahren Sie mit der Einrichtung Ihres Kontos fort, indem Sie auf die Schaltfläche

klicken.

Wenn Sie in CompuServe bei der Umstellung auf POP3 ein „Mail-Only-Kennwort" eingegeben haben, müssen Sie zunächst den vorderen Teil Ihres E-Mail-Kontos vor dem Klammeraffen (@) als Kontonamen eintragen und danach im Feld Kennwort das „Mail-Only-Kennwort". Dieses wird aus Sicherheitsgründen nicht dargestellt, jedes eingegebene Zeichen wird als Sternchen (*) aufgeführt.

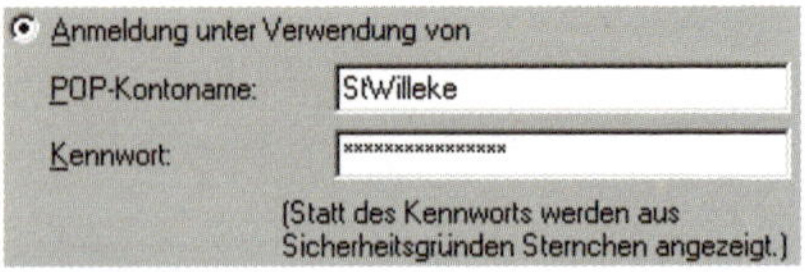

Haben Sie sich bei der Umstellung auf POP3 für den Zugang über „Secure Password Authentification" entschieden, aktivieren Sie die Option

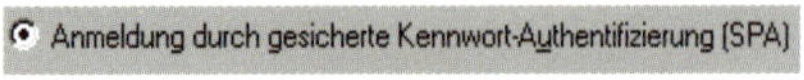

Mit einem Klick auf die Schaltfläche

gelangen Sie zum nächsten Dialogfenster.

Geben Sie hier eine Bezeichnung für das Konto ein, beispielsweise

Klicken Sie auf die Schaltfläche

.

5 Wählen Sie nun, wie Sie die Internetverbindung herstellen möchten. Outlook 98 kann die Verbindung zum

Internet automatisch aufbauen, hierzu muß jedoch bereits eine DFÜ-Netzwerkverbindung zum Internet bestehen.

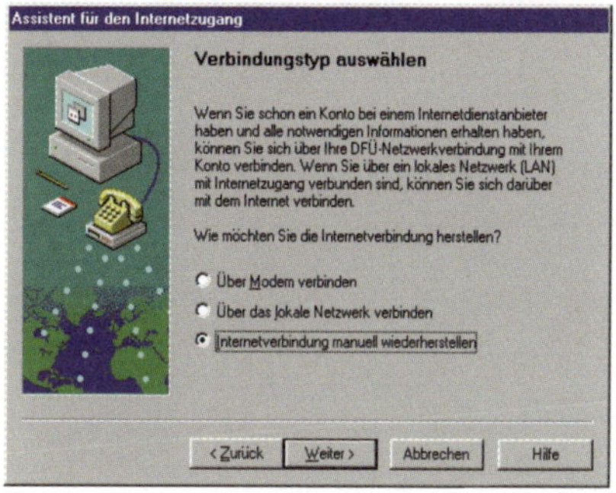

Bestätigen Sie den gewünschten Verbindungstyp mit einem Klick auf die Schaltfläche

.

6 Sofern Sie sich für die Option

entschieden haben, müssen Sie zunächst das gewünschte Modem wählen, mit dem Sie die Verbindung aufbauen möchten.

7 Danach wechseln Sie mit einem Klick auf die Schaltfläche

in das nächste Dialogfenster.

Wählen Sie hier die gewünschte DFÜ-Netzwerkverbindung

und klicken Sie ein letztes Mal auf die Schaltfläche

.

! Verbindungstypen

Drei Verbindungstypen stehen Ihnen zur Auswahl:

Über Modem verbinden

In diesem Fall wählt Outlook 98 den Internet-Dienst selbständig über ein Modem oder eine ISDN-Karte an. Voraussetzung hierfür ist eine DFÜ-Netzwerkverbindung.

Über das lokale Netzwerk verbinden

Outlook 98 greift über das lokale Netzwerk (LAN) auf das Internet zu. Fragen Sie Ihren Netzwerkadministrator, ob Sie diese Option nutzen können.

Internetverbindung manuell wiederherstellen

Wählen Sie diese Option, wenn Sie die Verbindung zum Internet stets von Hand herstellen möchten, bevor Outlook 98 E-Mails übertragen kann.

8 Mit einem Klick auf Fertig stellen wird das E-Mail-Konto endgültig eingerichtet.

MSN-E-Mail konfigurieren

Bevor Sie das E-Mail-Konto für MSN (noch bis Ende 1998) einrichten können, müssen Sie auch hier erst in MSN das POP3-Protokoll aktivieren.

1 Bauen Sie die Verbindung zu MSN auf, und geben Sie im Internet Explorer die folgende Adresse ein:

Ist Ihr E-Mail-Konto bereits auf POP3 umgestellt, wird nach wenigen Augenblicken wieder die Startseite dargestellt. Andernfalls folgen Sie den Anweisungen von MSN.

2 Klicken Sie in der **Menüleiste** auf den Eintrag Extras, und wählen Sie im geöffneten Extras-Menü den Befehl

3 Anschließend klicken Sie im Dialogfenster Internetkonten auf die Schaltfläche Hinzufügen und wählen im sich öffnenden Menü den Befehl

4 Geben Sie in die einzelnen Dialogfenster des Assistenten folgende Informationen ein:

Angezeigter Name: Hier gehört Ihr Name hin.

E-Mail-Adresse: Tragen Sie hier Ihre E-Mail-Adresse inklusive „@msn.com" ein.

Server für Posteingang

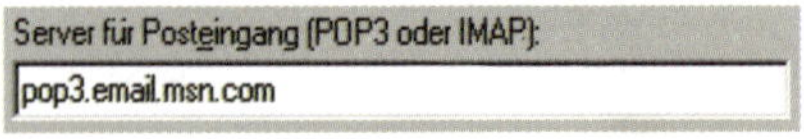

Server für Postausgang

Internet Mail-Anmeldung

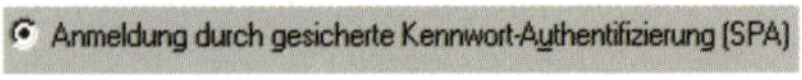

Schließlich können Sie einen beliebigen Namen für das Internet-Mail-Konto vergeben, beispielsweise

5 Am Ende wählen Sie den gewünschten Verbindungstyp und schließen die Einrichtung mit einem Klick auf

ab.

T-Online-E-Mail konfigurieren

Die Einrichtung des E-Mail-Kontos von T-Online unterscheidet sich leicht von der anderer E-Mail-Konten. Für die Abholung von T-Online-E-Mails müssen Sie stets eine DFÜ-Netzwerkverbindung zu T-Online aufbauen.

1 Öffnen Sie das Dialogfenster Internetkonten über den Befehl

im Extras-Menü.

2 Klicken Sie im Dialogfenster Internetkonten auf die Schaltfläche

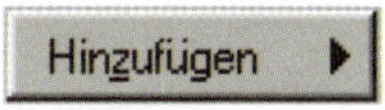

, und wählen Sie im sich öffnenden Menü den Befehl

.

3 Im ersten Dialogfenster des Assistenten geben Sie wie gewohnt Ihren Vor- und Nachnamen ein.

Tragen Sie im zweiten Fenster Ihre T-Online-E-Mail-Adresse ein.

Auf der nächsten Seite müssen Sie für T-Online noch folgende Informationen ergänzen:

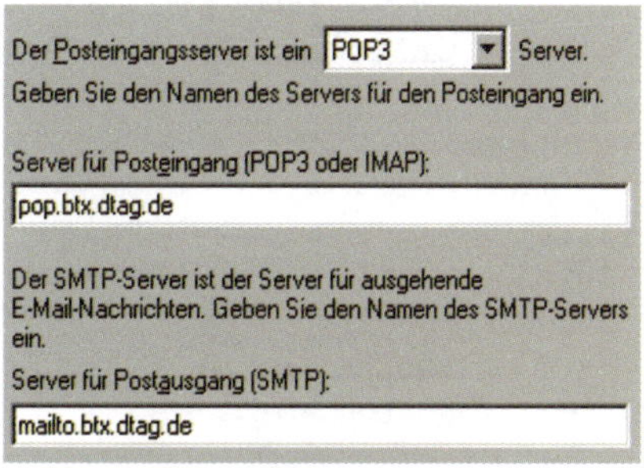

Als Internet-Mail-Anmeldung tippen Sie lediglich einen Punkt ein.

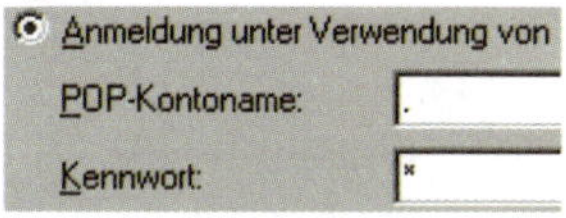

Geben Sie dem Internet-Mail-Konto einen beliebigen Namen.

4 Danach wählen Sie unter Verbindungstyp die Option

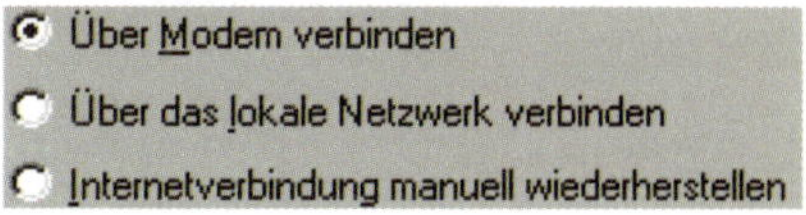

und markieren im nächsten Fenster das Modem, über das Sie die Verbindung aufbauen möchten.

Wählen Sie unter „DFÜ-Netzwerkverbindung“ die Option

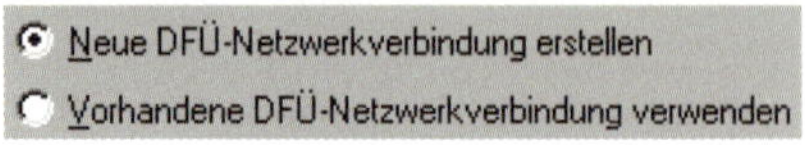

und klicken Sie auf die Schaltfläche

.

5 Im folgenden Fenster tippen Sie die bundesweite Rufnummer von T-Online ein und löschen die Ortskennzahl.

Mit einem Klick auf die Schaltfläche

gelangen Sie ins nächste Fenster.

6 Geben Sie als Benutzername die T-Online-Kennung ein, die Ihnen von T-Online zugeschickt wurde. Direkt an die Kennung tragen Sie ohne Leerzeichen Ihre Rufnummer, eine Raute (#) und eine 1 ein.

Lautet Ihre T-Online-Kennung beispielsweise „0131314141“ und Ihre Rufnummer „02 11/97 64 31“, so müssen Sie unter Benutzername folgende Eingabe machen:

„013131414102119764 31#1“

In das Feld Kennwort geben Sie wie gewohnt Ihr T-Online-Kennwort ein.

Klicken Sie anschließend auf die Schaltfläche

.

Verneinen Sie die Frage nach weiteren Einstellungen

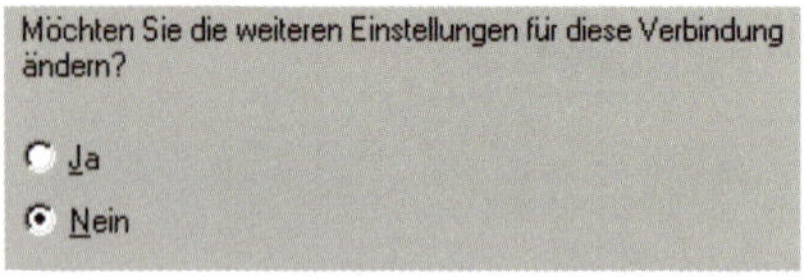

und klicken Sie erneut auf die Schaltfläche

.

7 Im letzten Schritt vergeben Sie einen Namen für die Verbindung zu T-Online:

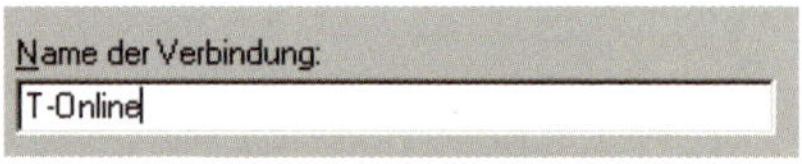

Klicken Sie ein letztes Mal auf die Schaltfläche

,

und schließen Sie die Einrichtung mit einem Klick auf die Schaltfläche

ab.

Die Oberfläche von Outlook 98

Die Oberfläche von Outlook 98 ist angelehnt an die Oberfläche aller anderen Office-Produkte aus dem Hause Microsoft.

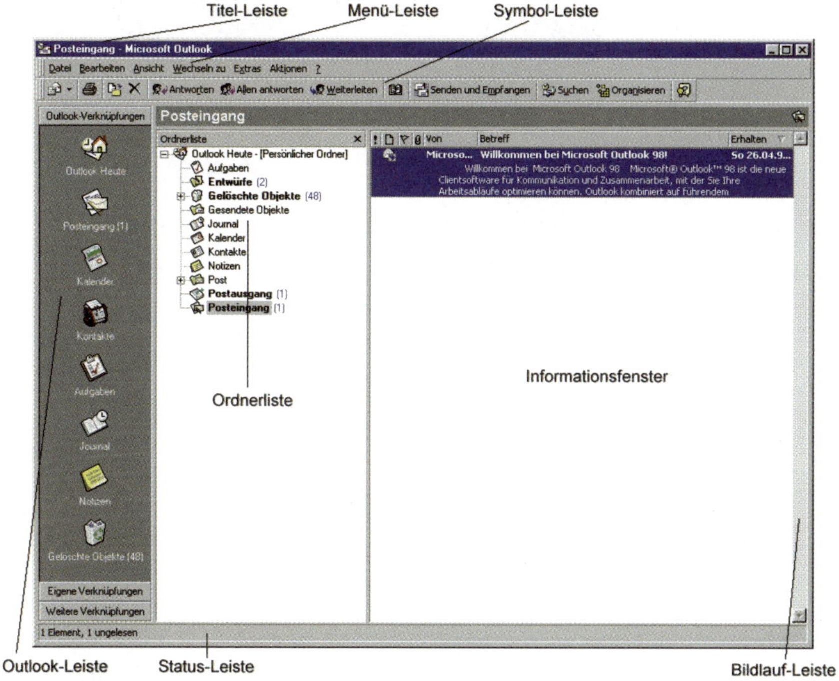

Genau wie die Programme Word 97 oder Excel 97 besitzt auch Outlook 98 eine Menüleiste, über die Sie auf alle Befehle zurückgreifen können.

Schnelleren Zugriff auf viele Befehle erhalten Sie über die **Symbolleiste**. Diese wird unterhalb der Menüleiste eingeblendet und enthält stets nur jene Befehle in Symbolform, die im aktuellen Bereich genutzt werden können.

Am linken Fensterrand von Outlook 98 befindet sich die Outlook-Leiste. Über diese greifen Sie auf die verschiedenen Bereiche von Outlook 98 zu. Je nachdem, welchen Bereich Sie gewählt haben, werden die entsprechenden Informationen im Informationsfenster eingeblendet. Im Abschnitt „Outlook 98 im Überblick", der auf der folgenden Seite beginnt, erfahren Sie Näheres zu den Funktionen der einzelnen Symbole dieser speziellen Leiste.

Am unteren Fensterrand finden Sie schließlich noch die Status-Leiste, der Sie zusätzliche Informationen, beispielsweise zur Anzahl der Elemente im aktuellen Bereich, entnehmen können.

Outlook 98 im Überblick

Welche Termine und Aufgaben für den heutigen Tag anstehen oder welche E-Mails heute eingetroffen sind, erfahren Sie unter

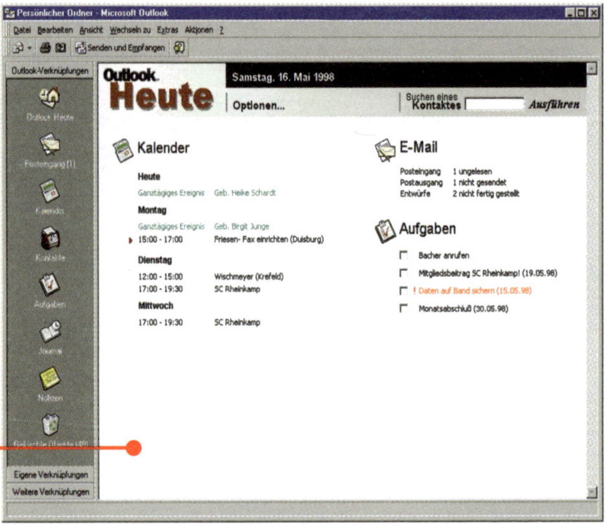

Wenn Sie mit Outlook 98 Ihre elektronische Post verwalten, können Sie im Posteingang die eingegangenen E-Mails betrachten.

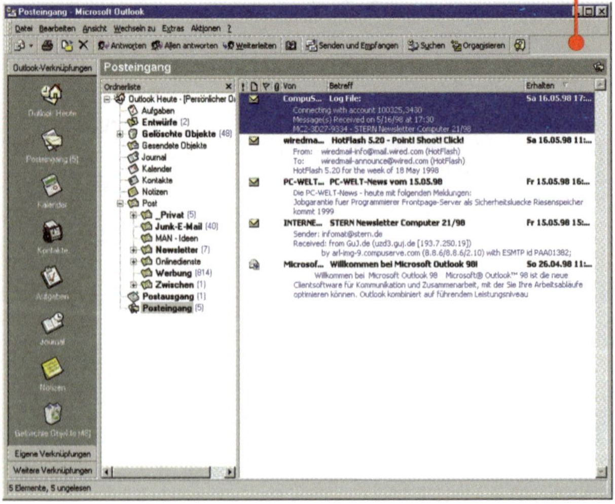

Der Kalender nimmt alle Termine, Ereignisse, aber auch Besprechungen auf. Termine werden hierbei nicht nur dargestellt: Wenn Sie Outlook 98 benutzen, können Sie sich von dem Programm mit einem Signalton und einer Hinweismeldung auch an einen Termin erinnern lassen.

Der Bereich Kontakte bietet Platz für Ihre privaten und geschäftlichen Kontakte. Neben den herkömmlichen Adreßfeldern wie Name, Wohnort, Telefon und -fax können Sie auch unterschiedliche **E-Mail-Adressen** für jeden Kontakt eingeben. Sobald Sie später eine E-Mail verschicken möchten, läßt sich blitzschnell auf diese Einträge zugreifen.

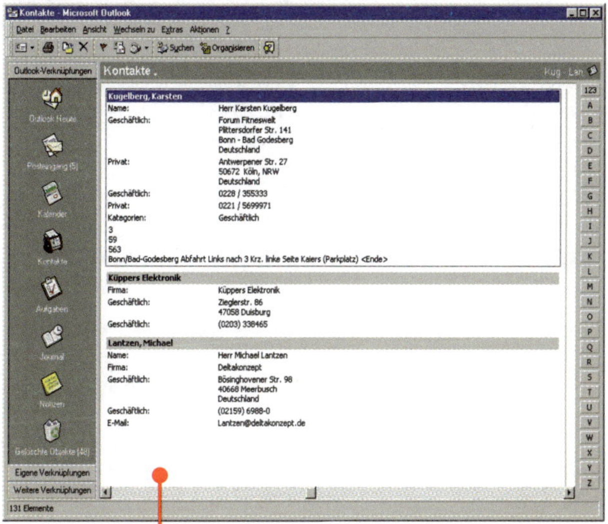

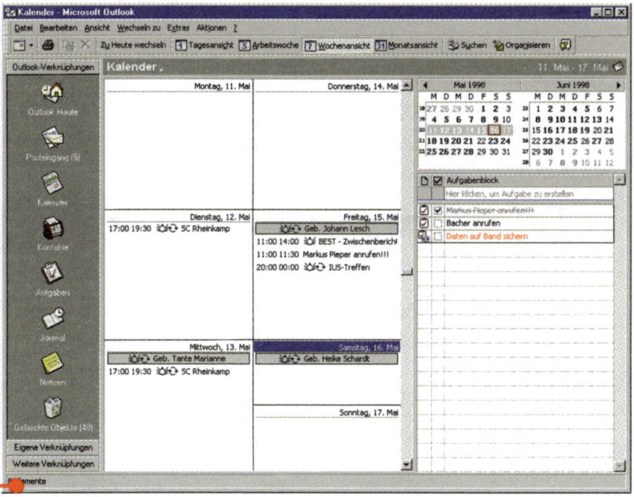

Ihre Aufgabenliste können Sie im Bereich Aufgaben einsehen. Dort sind Ihre Projekte nach Priorität oder Datum sortiert, so daß Sie stets einen guten Überblick über die anstehenden Aufgaben haben.

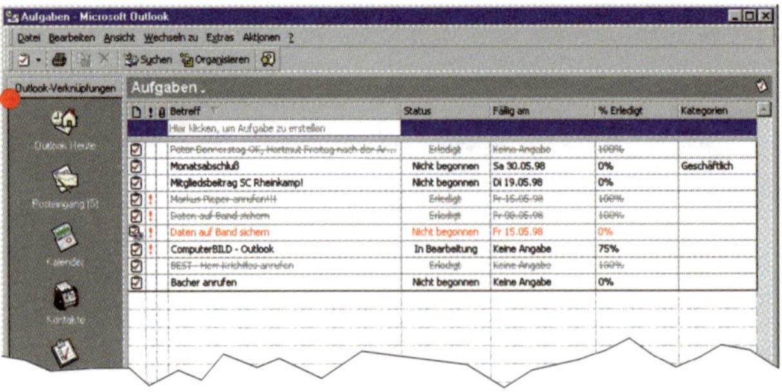

Schluß mit den kleinen Notizzetteln rund um Ihren Monitor und auf dem Schreibtisch! Outlook 98 stellt Ihnen virtuelle Notizzettel zur Verfügung, die im Gegensatz zu papiernen Zetteln auch nicht verlorengehen.

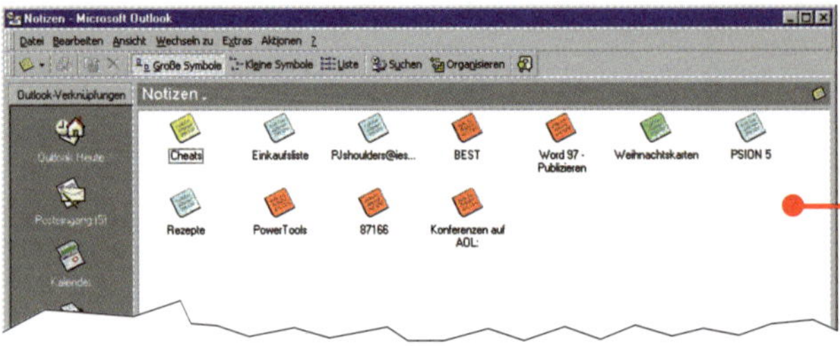

Im Journal sind alle Aktivitäten protokolliert. Ganz gleich, ob Sie nachschlagen möchte, wann Sie eine bestimmte E-Mail bearbeitet haben, oder aber wissen wollen, welches Dokument Sie am vorigen Abend mit Word bearbeitet haben – im Journal werden diese Informationen dokumentiert.

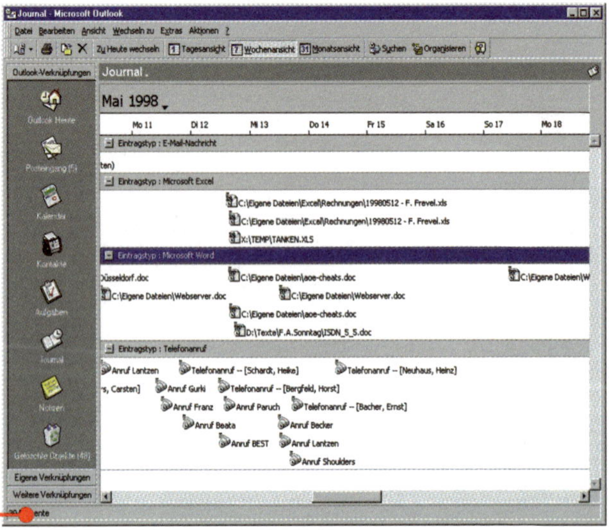

2 Kontakte erfassen und verwalten

In der Kontaktliste können Sie wie in einem Adreßbuch Namen, Adressen und Telefonnummern eingeben. Im Gegensatz zum klassischen Adreßbuch ist Outlook 98 jedoch wesentlich komfortabler. Wenn Sie in einem papiernen Adreßbuch Änderungen vornehmen möchten, sind hierzu mühsame Streichungen etc. unumgänglich. In Outlook 98 können Sie Adressen demgegenüber jederzeit problemlos ändern und auch ergänzen.

In diesem Kapitel erfahren Sie,

- wie Sie neue Kontakte erfassen,
- wie Sie Kontakten Kategorien zuweisen,
- wie Sie bestehende Kontakte ändern,
- welche unterschiedlichen Ansichten zur Verfügung stehen,
- und wie Sie Kontakte finden.

Kapitel-Wegweiser

Neue Kontakte eingeben

Damit Sie die Kontakte eingeben können, müssen Sie zunächst in den Bereich Kontakte wechseln. Hier können Sie schließlich die neue Person oder Firma aufnehmen.

1 Starten Sie Outlook 98, wie bereits in Kapitel 1 beschrieben.

2 Klicken Sie mit der linken Maustaste auf das Symbol .

3 Mit einem Klick auf das Symbol 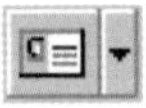 öffnen Sie einen neuen Kontakt.

4 Im nun erscheinenden Dialogfenster **Unbenannt - Kontakt** können Sie allgemeine Einträge zu der gewünschten Person eingeben.

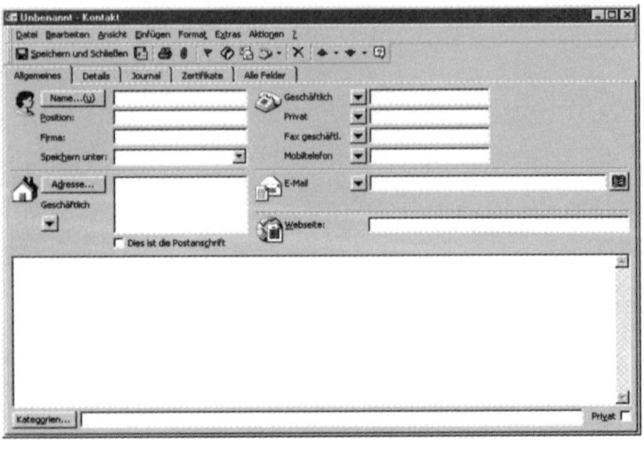

5 Tragen Sie zunächst den Namen in das entsprechende Feld ein.

Name...(u) | Frank Richter

Damit Sie sich spätere Überarbeitungen ersparen, sollten Sie im Feld Name...(u) bereits die Anrede mit eingeben.

> **! Unvollständiger Name**
>
> Wenn Sie einen unvollständigen Namen eintippen, also beispielsweise lediglich den Vor- oder Nachnamen, öffnet sich automatisch das Dialogfenster
>
> 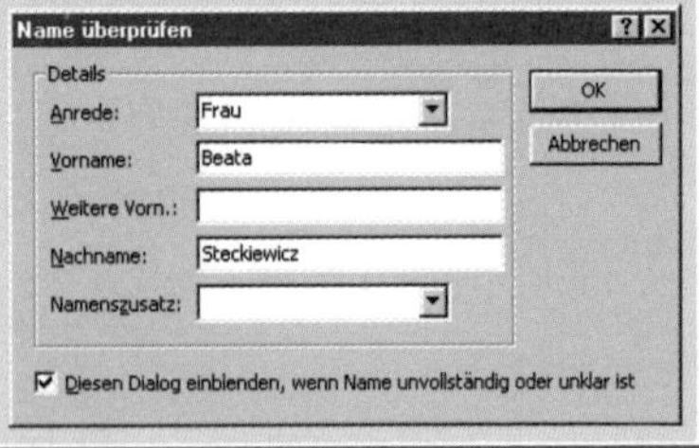
>

6 Danach wechseln Sie mit einem Druck auf die ⇆-Taste in das nächste Eingabefeld.
Nachdem Sie die ⇆-Taste gedrückt haben, wird in der Titelleiste der eingegebene Name dargestellt.

Frank Richter - Kontakt

7 Jetzt geht es um die berufliche Stellung der Person. Machen Sie Ihre Angabe dazu im Feld

Sollten Sie einen Privatkontakt eingeben, können Sie das Feld auch leerlassen. Mit ⇥ gelangen Sie in das nächste Eingabefeld.

8 Hier können Sie einen Firmennamen eingeben.

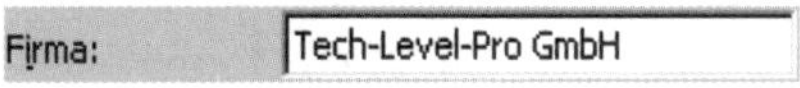

9 Als nächstes folgt das Adreßfeld.

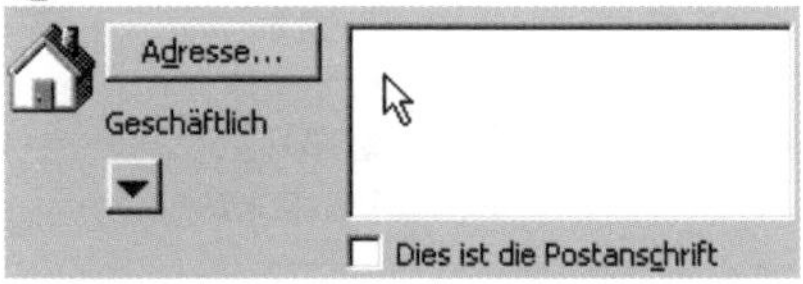

Legen Sie zuerst fest, ob es sich um eine Geschäfts- oder Privatadresse handelt. Standardmäßig geht Outlook 98 von Geschäftskontakten aus. Die Geschäftsadresse können Sie also sofort eingeben.

10 Falls Sie hingegen eine Privatadresse eingeben wollen, müssen Sie die Adresse zunächst als solche kennzeichnen. Klicken Sie mit der linken Maustaste auf den Abwärtspfeil.

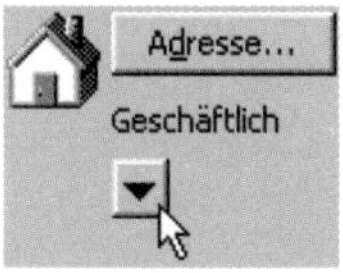

Mit einem Klick auf den Eintrag

wechseln Sie zur Privatadresse.

11 Nun können Sie die private Adresse eintippen.

12 Wenn Sie mehrere Adressen für einen Kontakt eingegeben haben, sollten Sie die Adresse kennzeichnen, die als Postanschrift gilt. Wechseln Sie, wie in Schritt 10 beschrieben, in die gewünschte Adresse, und aktivieren Sie per linkem Mausklick das Kontrollkästchen 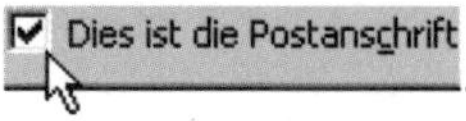.

13 Als nächstes folgen die Telefonnummern für die eingegebene Person oder Firma. Klicken Sie in das Feld

und tippen Sie die Geschäftstelefonnummer ein.

14 Um die private Telefonnummer einzugeben, klicken Sie in das Feld

und machen dort die entsprechende Angabe.

! Format der Telefonnummern

Beachten Sie bei der Eingabe von Telefonnummern, daß Sie die Vorwahl in runde Klammern setzen. So kann Outlook 98 die Vorwahl identifizieren.

(02 11) 12 34 56

Bei ausländischen Telefonnummern müssen Sie die internationale Vorwahl ebenfalls eingeben und von der Städtevorwahl die erste Null weglassen:

+48 (383 25) 987 65

15 Verfahren Sie ebenso mit den Nummern bei den Feldern Mobiltelefon ▼ und Fax geschäftl. ▼.

16 Neben den vier dargestellten Telefoneinträgen lassen sich noch 15 weitere Telefoneinträge hinzufügen.

Klicken Sie auf den Abwärtspfeil ▼, und markieren Sie in der sich öffnenden Liste den gewünschten Eintrag.

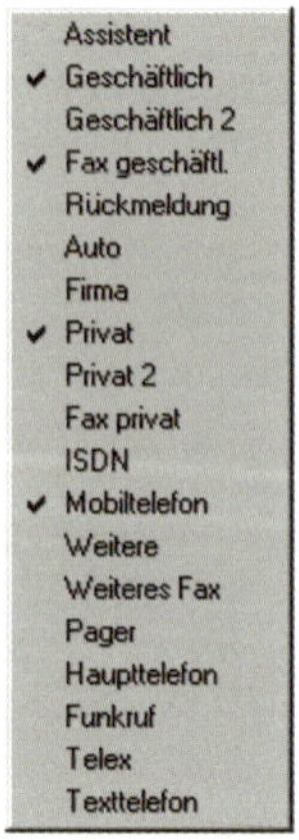

! Häkchen in der Liste

Die vorangestellten Häkchen in der Liste kennzeichnen Einträge, zu denen Sie bereits Telefonnummern eingegeben haben.

17 Elektronische Post - E-Mail genannt - nimmt mehr und mehr an Bedeutung zu. Diesem Umstand trägt Outlook 98 Rechnung und ermöglicht die Eingabe von bis zu drei E-Mail-Adressen pro Kontakt.

Klicken Sie mit der linken Maustaste in das Feld

und geben Sie die E-Mail-Adresse des aktuellen Kontakts ein.

18 Um weitere E-Mail-Adressen für den aktuellen Kontakt hinzuzufügen, klicken Sie mit der linken Maustaste auf den Abwärtspfeil und wählen den nächsten Eintrag.

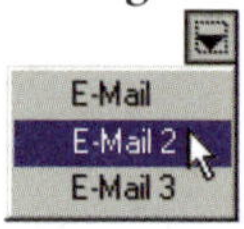

Nun können Sie eine zweite und nach demselben Verfahren auch eine dritte E-Mail-Adresse eingeben.

19 Der Präsenz von Firmen und Privatpersonen im **World Wide Web** wird Outlook 98 ebenfalls gerecht. So können Sie auch die Adresse einer Homepage für den Kontakt eintragen.

Klicken Sie mit der linken Maustaste in das Feld

und tippen Sie dort die Adresse, die sogenannte URL, ein. Sicherheitshalber sollten Sie das Präfix „http://" ebenfalls mit eingeben, da Outlook 98 dieses nicht bei allen Adressen automatisch ergänzen kann.

20 Wenn Sie noch weitere Notizen für den aktuellen Kontakt eintragen möchten, so bietet das Feld im unteren Bereich des Dialogfensters genügend Raum für weitere Eingaben.

Klicken Sie mit der linken Maustaste in das Feld

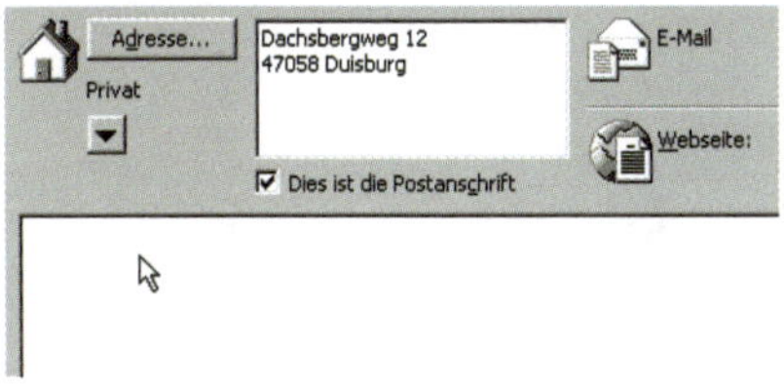

Sie können nun die gewünschten Notizen eintippen.

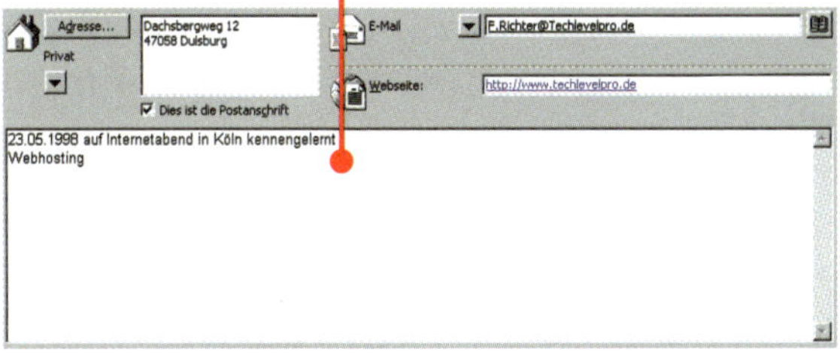

21 Schließlich können Sie den Kontakt noch einer Kategorie zuordnen. Mit Hilfe unterschiedlicher Kategorien ist es später möglich, die Suche in umfangreichen Kontaktdatenbanken zu beschleunigen.

Klicken Sie mit der linken Maustaste auf die Schaltfläche

.

Markieren Sie jetzt die gewünschte Kategorie, indem Sie das voranstehende Kästchen einer Kategorie mit der linken Maustaste anklicken.

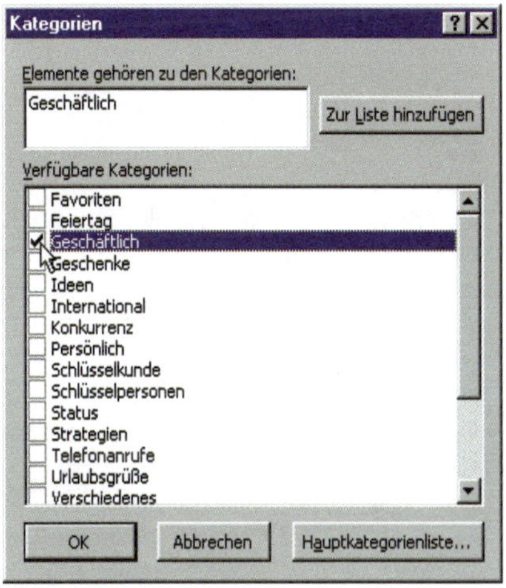

Über die Bildlaufleiste am rechten Rand des Dialogfensters gelangen Sie zu den weiteren Kategorien.

Insgesamt stellt Ihnen Outlook 98 bereits 20 Kategorien zur Verfügung:

- Favoriten
- Feiertag
- Geschäftlich
- Geschenke
- Ideen
- International
- Konkurrenz
- Persönlich
- Schlüsselkunde
- Schlüsselperson
- Status
- Strategien
- Telefonanrufe
- Urlaubsgrüße
- Verschiedenes
- Wartet
- Wichtige Kontakte
- Zeit und Ausgaben
- Ziele
- Zulieferer

Sie können allerdings jederzeit noch weitere Kategorien erfassen und diese zuordnen. Klicken Sie hierzu mit der linken Maustaste auf die Schaltfläche

Hauptkategorienliste... .

Geben Sie den neuen Kategoriennamen in das entsprechende Feld ein

Neue Kategorie: Weihnachtsgrüße,

und bestätigen Sie Ihre Eingabe mit einem Klick auf die Schaltfläche

Hinzufügen .

Verlassen Sie das Dialogfenster Hauptkategorienliste mit

OK .

Im Dialogfenster Kategorien wurde die neue Kategorie bereits alphabetisch einsortiert, und Sie können sie jetzt anklicken.

> **! Ein Kontakt – mehrere Kategorien**
>
> Sie können einem Kontakt mehrere Kategorien gleichzeitig zuordnen. Markieren Sie einfach alle gewünschten Kategorien in beliebiger Reihenfolge.

Nachdem Sie die gewünschte(n) Kategorie(n) markiert haben, übernehmen Sie diese mit einem Klick auf

OK .

22 Damit Outlook 98 die eingegebenen Daten in der Kontakt datenbank ablegt, müssen Sie Ihre Einträge nun speichern. Klicken Sie hierzu mit der linken Maustaste auf die Schaltfläche

Speichern und Schließen .

Kontakte bearbeiten

Ein einmal eingegebener Kontakt läßt sich mit Outlook 98 selbstverständlich auch wieder ändern.

1 Wechseln Sie gegebenenfalls in den Bereich 

.

2 Klicken Sie mit der linken Maustaste in der Liste der Kontakte doppelt auf den Kontakt, den Sie ändern wollen.

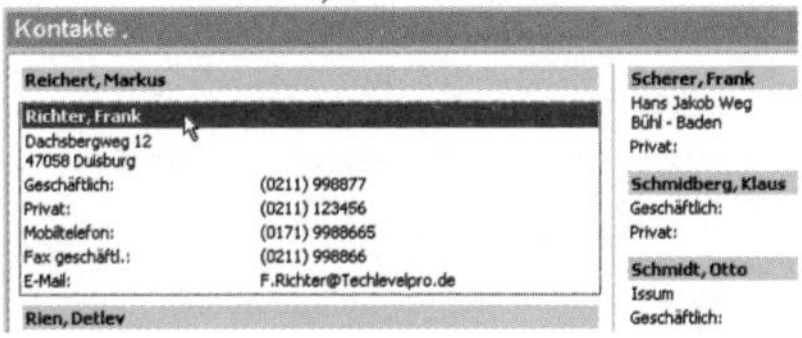

3 Positionieren Sie die Einfügemarke in dem Feld, wo Sie Änderungen vornehmen möchten.

4 Tragen Sie nun die gewünschten Änderungen ein, beziehungsweise löschen Sie aus dem entsprechenden Feld überflüssig gewordene Informationen.

5 Nachdem Sie alle gewünschten Änderungen vorgenommen haben, klicken Sie wieder auf die Schaltfläche

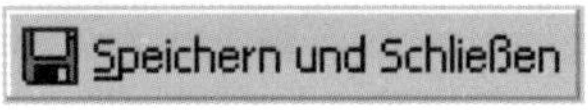

.

Kontakte darstellen

Natürlich können Sie auch bestimmen, auf welche Weise die Kontakte optisch dargestellt werden sollen. Zunächst werden sie wie ein Telefonregister aufgelistet. Ihnen stehen jedoch noch sechs weitere vordefinierte Ansichten zur Verfügung. Darüber hinaus können Sie alle Ansichten so lange bearbeiten, bis sie Ihren Vorstellungen entsprechen.

1 Wechseln Sie gegebenenfalls in die Kontakt-Darstellung.

2 Klicken Sie mit der linken Maustaste auf Ansicht in der Menüleiste.

3 Dann positionieren Sie den Mauszeiger im geöffneten Ansicht-Menü auf dem Eintrag

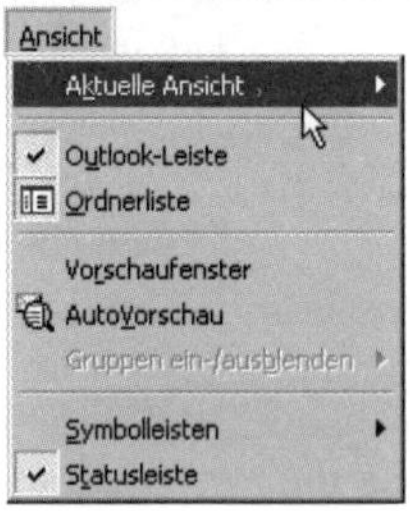

.

4 Im sich nun öffnenden Menü können Sie eine der sieben Ansichten anklicken.

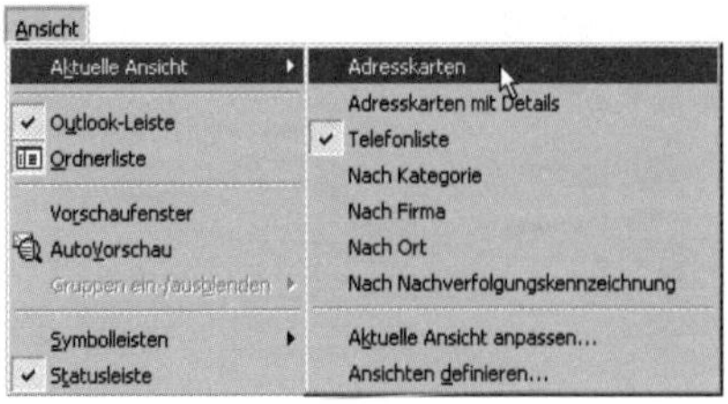

5 In der Adreßkarten-Ansicht besteht die Möglichkeit, die Anzahl der dargestellten Spalten zu verringern, damit die Einträge sofort gelesen werden können.

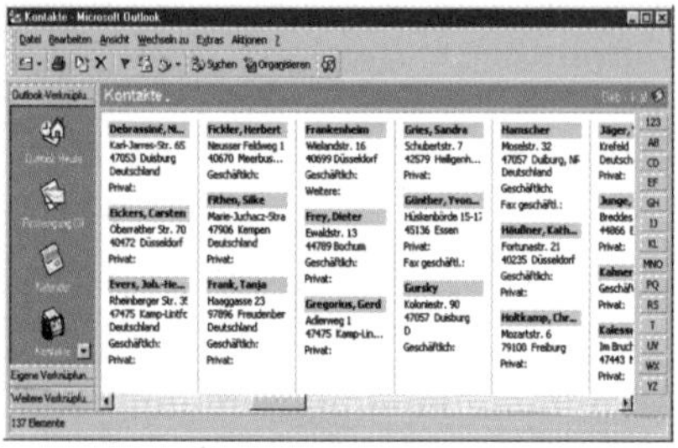

Hierzu positionieren Sie den Mauszeiger auf der Trennlinie zwischen den einzelnen Spalten

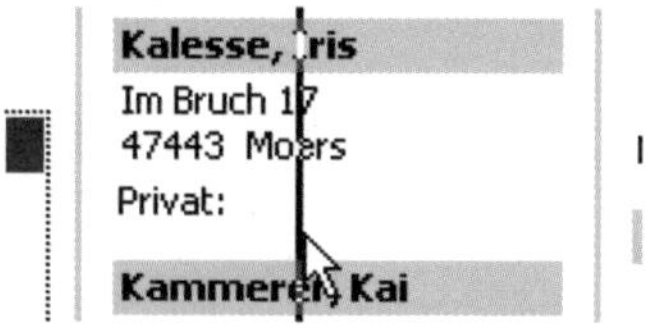

drücken die linke Maustaste und halten diese gedrückt. Jetzt verschieben Sie die Trennlinien mit gedrückter Maustaste auf die gewünschte Breite. Sobald Sie Ihr Ziel erreicht haben, lösen Sie die Maustaste wieder.

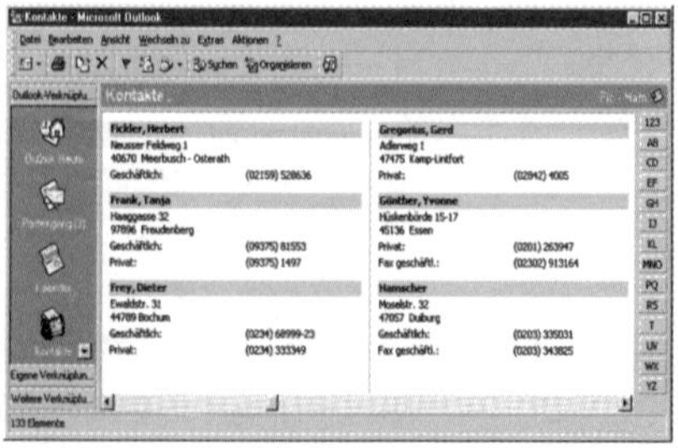

6 Auch in den anderen Listen-Ansichten wie der „Telefon-Liste“ oder „Nach Kategorie“ können Sie die Spaltenbreite verändern, um mehr Platz für einzelne Informationen zu erhalten.

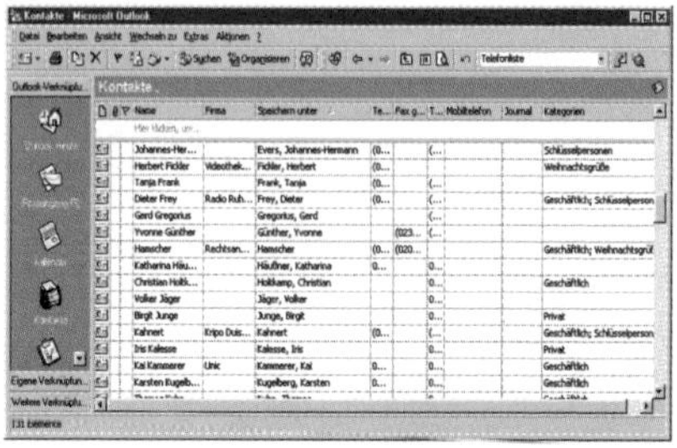

Die Methode ist gleich: Positionieren Sie den Mauszeiger auf der Trennlinie zwischen zwei Spalten, drücken Sie die linke Maustaste, und halten Sie diese gedrückt.

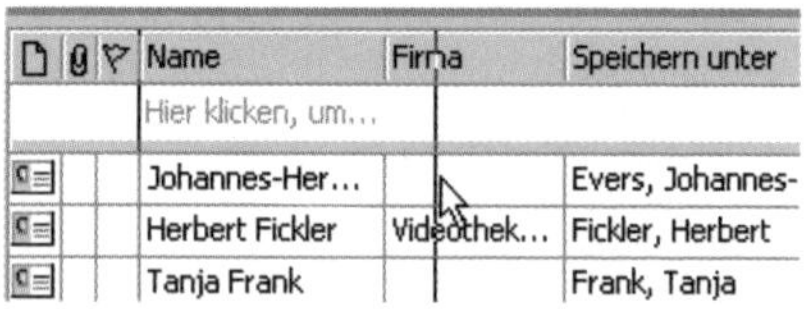

Mit gedrückter Maustaste können Sie die Spaltenbreite nun verändern. Lösen Sie die Maustaste wieder, sobald Sie die gewünschte Breite erreicht haben.

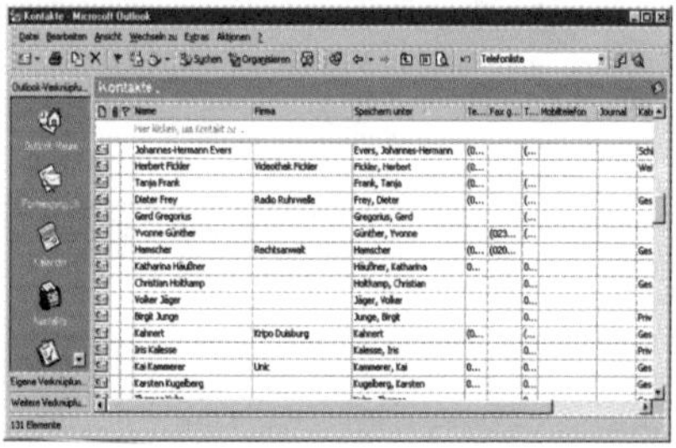

7 In der Listendarstellung können Sie die Art der Sortierung stets an der Spaltenüberschrift erkennen. Das Feld, nach dem die Liste sortiert ist, erscheint mit einem nachgestellten Pfeil.

Die Pfeilrichtung gibt hierbei Aufschluß über die Sortierrichtung.

Wenn Sie die Kontakte nach einer anderen dargestellten Spalte sortieren möchten, klicken Sie mit der linken Maustaste auf die gewünschte Spaltenüberschrift. Ein weiterer Klick auf die Spaltenübersicht kehrt die Sortierfolge um.

Kontakte suchen

Während die Suche nach einem Namen in einem herkömmlichen Adreßregister leicht in hektisches Blättern ausartet, können Sie den gewünschten Kontakt in Outlook 98 blitzschnell heraussuchen.

1 Wechseln Sie gegebenenfalls in die Kontakt-Darstellung.

2 Klicken Sie dann mit der linken Maustaste in der Symbolleiste auf das Symbol

.

3 Oberhalb der Kontakte wird - unabhängig von der gewählten Ansicht - die Suchmaske eingeblendet.

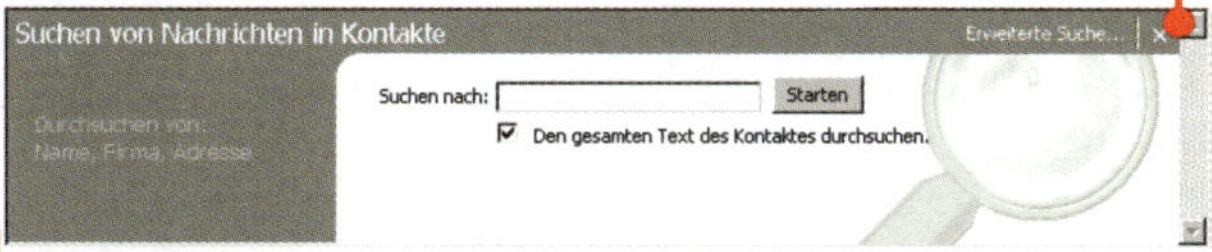

4 Tippen Sie in das Eingabefeld den gewünschten Suchbegriff ein.

5 Anschließend bestätigen Sie den Suchbegriff mit einem Klick auf die Schaltfläche

.

6 Das Suchergebnis wird daraufhin unabhängig von der vorherigen Ansicht in Listenform dargestellt.

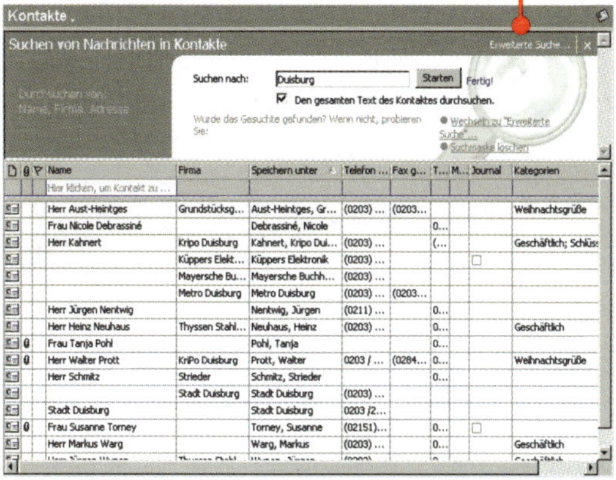

7 Per Doppelklick auf den gesuchten Eintrag können Sie den Kontakt jetzt

öffnen, und so die allgemeinen Informationen auf einen Blick ablesen.

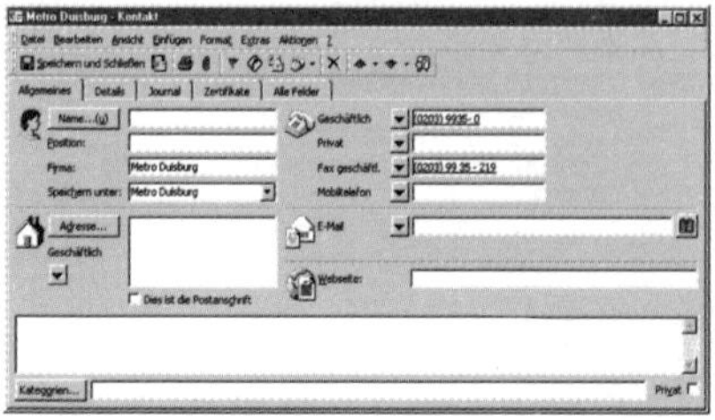

8 Wenn Sie die Suchmaske sowie das Suchergebnis wieder schließen wollen, klicken Sie mit der linken Maustaste auf das Symbol am oberen rechten Rand der Suchmaske.

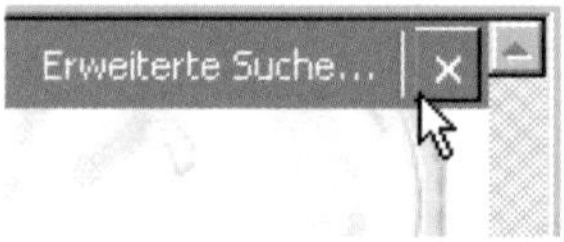

Kontakte drucken

Es ist nicht davon auszugehen, daß Sie Outlook 98 und somit Ihren Computer ständig mit sich führen. Kein Problem: Sie können die Kontakte selbstverständlich auch ausdrucken.

1 Wechseln Sie gegebenenfalls in den Bereich

.

2 Klicken Sie mit der linken Maustaste in der Menüleiste auf Datei.

3 Danach wählen Sie im geöffneten Datei-Menü den Befehl

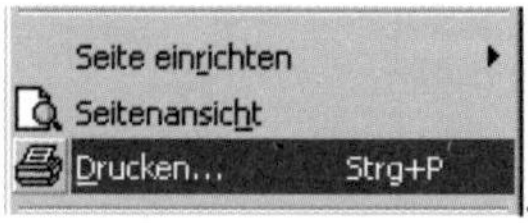

.

4 Die aktuelle Ansicht der Kontakte bestimmt die möglichen Druckformate für die Ausgabe.

Sofern Sie ein anderes Druckformat bevorzugen, markieren Sie es mit der linken Maustaste.

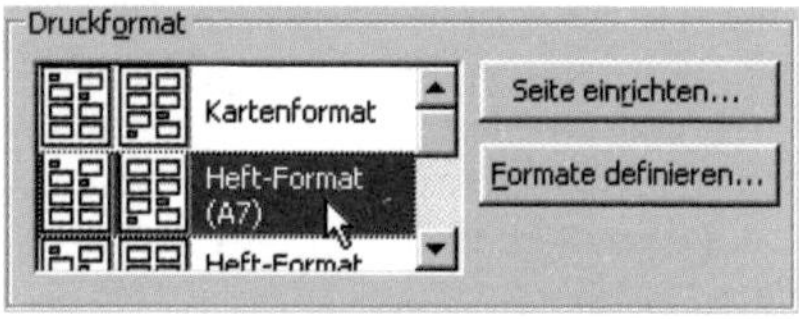

Über die Bildlaufleiste am rechten Rand können Sie auch auf jene Einträge zugreifen, die nicht dargestellt werden.

5 Wenn Sie nicht alle Kontakte ausdrucken möchten, besteht auch die Möglichkeit, sich auf die markierten Kontakte zu beschränken.

Hierzu müssen Sie vor Aufruf des Dialogfensters Drucken die gewünschten Kontakte markieren. Klicken Sie hierzu den ersten Kontakt mit der linken Maustaste an und jeden weiteren Kontakt mit gedrückter Strg-Taste.

6 Nachdem Sie alle gewünschten Einstellungen vorgenommen haben,

Druckformate	
Tabellenformat	Im „Tabellenformat" werden die Kontakte besonders platzsparend angezeigt. Pro Zeile wird ein Kontakt ausgegeben. Die Darstellung entspricht hierbei der Ansicht „Telefonliste".
Kartenformat	Im „Kartenformat" werden die Kontakte auf jeder Seite in zwei Spalten aufgeführt. Die Darstellung entspricht hierbei der Ansicht „Karteikarten".
Heft-Format (A7)	Im „Heft-Format (A7)" werden auf jeder DIN-A4-Seite acht Seiten im DIN-A7-Format ausgegeben. Diese können Sie dann später ausschneiden und zusammenheften.
Heft-Format (A6)	Im „Heft-Format (A6)" werden auf jeder DIN-A4-Seite vier Seiten im DIN-A6-Format ausgegeben. Auch diese können Sie später ausschneiden und zusammenheften.
Memoformat	Im „Memoformat" werden alle Informationen zu einem Kontakt zusammengefaßt und ausgedruckt.
Telefonbuchformat	Im „Telefonbuchformat" werden die Kontakte in zwei Spalten pro Seite ausgegeben. Diese können Sie später ebenfalls ausschneiden und zusammenheften.

starten Sie den Druckvorgang mit einem Klick auf die Schaltfläche OK.

Kontakte löschen

Mitunter trennen sich die Wege, und es besteht keine Notwendigkeit mehr, Name und weitere Angaben zu einer Person in der Kontaktdatenbank aufzubewahren. In diesem Fall können Sie den entsprechenden Kontakt einfach löschen.

1 Wechseln Sie gegebenenfalls in den Bereich

.

2 Markieren Sie den Kontakt, den Sie löschen möchten, indem Sie ihn mit der linken Maustaste anklicken.

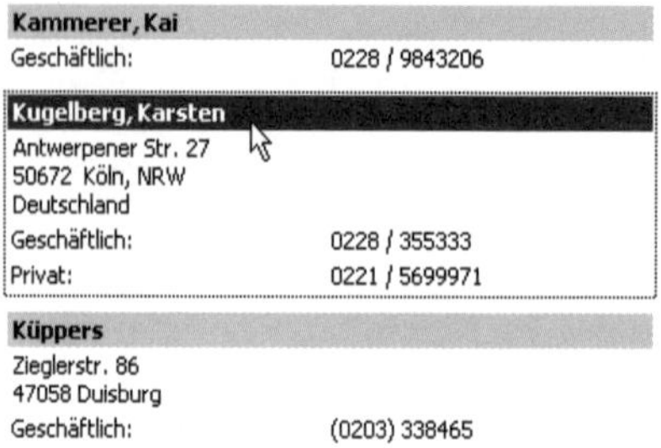

3 Nachdem Sie den Kontakt markiert haben, klicken Sie in der Symbolleiste mit der linken Maustaste auf das Symbol .

4 Sofort wird der Kontakt aus der Kontaktliste gelöscht.

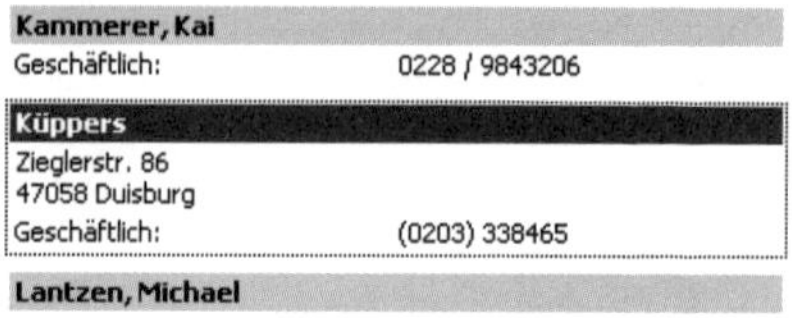

3 Termine erfassen und verwalten

Der Kalender von Outlook 98 hilft Ihnen bei der Planung Ihrer Termine wie ein herkömmlicher Kalender. Die grundsätzliche Vorgehensweise entspricht hierbei ebenfalls seinem papiernen Pendant.

Im Gegensatz zum üblichen Kalender bietet der Kalender von Outlook 98 jedoch Möglichkeiten, die mit einem Papierplaner nie realisierbar wären. So kann der Kalender von Outlook 98 beispielsweise eine akustische und visuelle Warnmeldung ausgeben und somit das Risiko vermindern, daß Sie einen eingetragenen Termin verpassen.

Ebenso erleichtert der elektronische Kalender die Erfassung von regelmäßig wiederkehrenden Terminen. Sie geben den Termin einmal in den Kalender ein, legen die Anzahl der Wiederholungen beziehungsweise die Art der Wiederholung fest, und Outlook 98 erledigt den Rest: Der Termin wird in Zukunft automatisch eingeplant.

In diesem Kapitel erfahren Sie,

- wie Sie Termine erfassen,
- wie Sie einen Alarm verändern,
- wie Sie einen wiederkehrenden Termin bestimmen,
- wie Sie Ereignisse erfassen,
- und wie Sie einen Kalender wieder zu Papier bringen.

Kapitel-Wegweiser

Kalender-darstellung

Der Kalender von Outlook 98 ermöglicht je nach Anwendungszweck verschiedene Darstellungen. Wenn Sie beispielsweise einen freien Tag im Terminkalender suchen, so empfiehlt sich die Monatsansicht. Möchten Sie hingegen lediglich die Termine eines einzelnen Tages einsehen, bietet sich die Tagesansicht an. Die einzelnen Ansichten aktivieren Sie per Mausklick auf das entsprechende **Symbol** in der **Symbolleiste**. Um zum aktuellen Datum zu wechseln, steht Ihnen das Symbol

Zu Heute wechseln

zur Verfügung.

- In der Tagesansicht wird lediglich ein einzelner Tag eingeblendet. Mit Hilfe der **Bildlaufleiste** am rechten Rand können Sie auch zu späteren Uhrzeiten „blättern“.

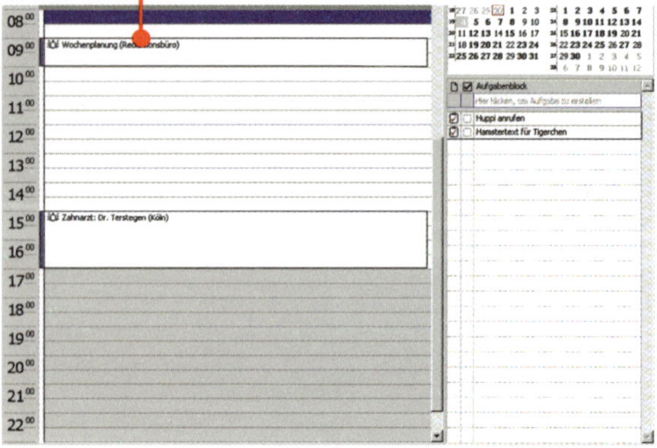

! Zu Heute wechseln

Falls Sie in der Symbolleiste die Schaltfläche

Zu Heute wechseln

nicht finden sollten, kann dies daran liegen, daß die aktuelle Fensterbreite keinen Raum für die Schaltfläche läßt. Wechseln Sie in die Vollbilddarstellung, oder verbreitern Sie das Fenster.

! Weitere Einträge

Sofern nicht alle Termine im aktuellen Ausschnitt dargestellt werden können, erscheint am unteren oder oberen Rand der Zeitleiste ein Verweis auf Folgetermine. 17^{00}

Um zur Tagesansicht zu gelangen, klicken Sie mit der linken Maustaste auf das Symbol

Tagesansicht.

- Die Ansicht Arbeitswoche beschränkt sich auf die Werktage - Montag bis Freitag - und dient vor allem der Erfassung und Verwaltung von geschäftlichen Terminen.

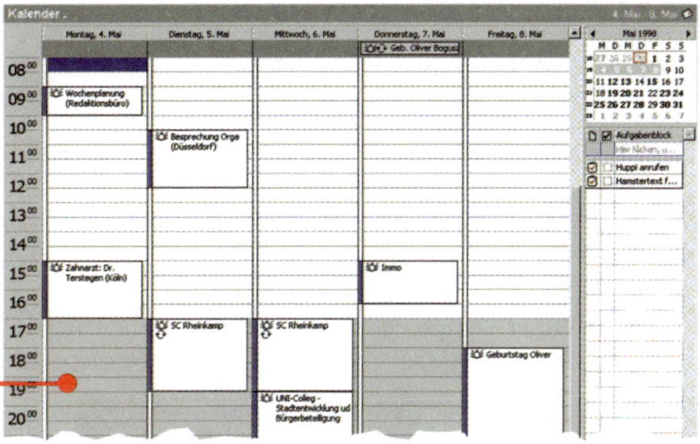

In die Arbeitswochenansicht gelangen Sie mit einem Klick auf das Symbol

.

In der Wochenansicht wird - ähnlich wie bei der Arbeitswoche - eine gesamte Woche dargestellt. Anders als in der Arbeitswochenansicht wird hier jedoch keine Zeitleiste eingeblendet. Statt dessen erscheinen vor jedem Eintrag die eingegebenen Anfangs- und Endzeiten.

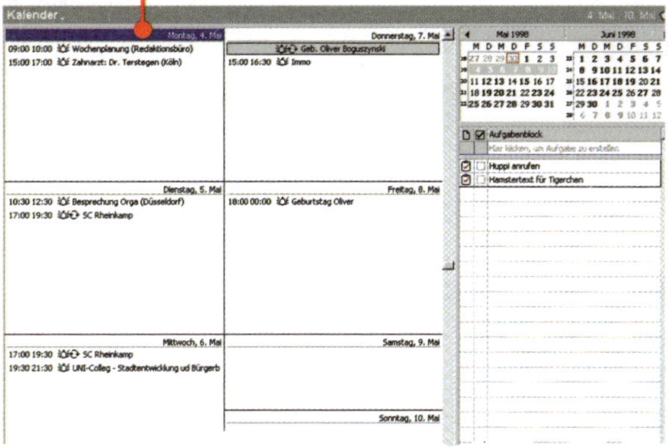

Sie erreichen die Wochenansicht mit einem Klick auf die Schaltfläche

.

Die Monatsansicht schließlich gibt Ihnen einen Überblick über einen gesamten Monat.

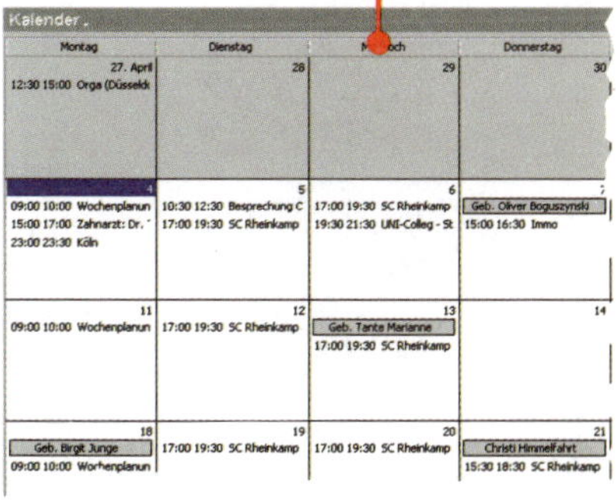

Im Gegensatz zu den anderen Ansichten wird in der Monatsansicht kein zusätzlicher Monatskalender eingeblendet. Verständlicherweise, denn es wird ja bereits ein ganzer Monat dargestellt.

In die Monatsansicht gelangen Sie mit einem Klick auf die Schaltfläche

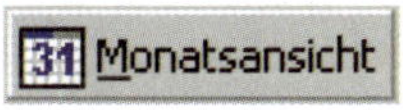

.

Datum wechseln

Neben der Navigation per Mausklick auf das gewünschte Datum stellt Outlook 98 Ihnen eine weitere Möglichkeit zur Verfügung, mit der Sie zu einem anderen Datum wechseln können. Diese Vorgehensweise bietet sich vor allem dann an, wenn das gewünschte Datum in keiner Ansicht dargestellt wird.

1 Wechseln Sie gegebenenfalls in den Bereich

.

2 Klicken Sie mit der linken Maustaste in der **Menüleiste** auf den Eintrag

.

3 Anschließend klicken Sie im geöffneten Wechseln zu-Menü auf den Befehl

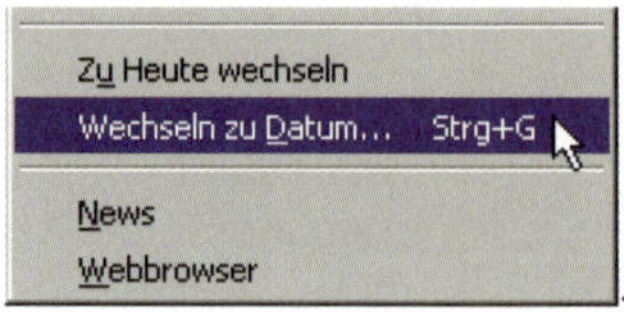

.

4 Im nun dargestellten **Dialogfenster**

tragen Sie das Zieldatum ein, zu dem Sie wechseln möchten.

5 Falls Sie gleichzeitig die Ansicht wechseln wollen, können Sie diese im entsprechenden Feld auswählen. Klicken Sie mit der linken Maustaste auf den Abwärtspfeil

und dann auf den gewünschten Eintrag.

! AutoDatum-Funktion

Die AutoDatum-Funktion ermöglicht die besonders schnelle Eingabe eines Datums mit Worten aus dem täglichen Sprachgebrauch. Wenn Sie beispielsweise den heutigen Tag im nächsten Jahr darstellen wollen, formulieren Sie einfach „nächstes Jahr".

Hier die gängigsten Schlüsselwörter:

heute
gestern
morgen
diesen Freitag, Freitag
heute in zwei Tagen, 2 Tage
nach sechzig Tagen
in 22 Tagen, 22 Tage
vor 3 Wochen
nächste Woche, 1 Woche, Woche
heute in einem Monat, Monat

6 Mit einem Klick auf die Schaltfläche

wird das gewünschte Datum sofort auf den Bildschirm gebracht.

Termine erfassen

Die Planung eines Termins in Outlook 98 vollzieht sich wie folgt.

1 Wechseln Sie gegebenenfalls in den Kalender.

2 Danach wechseln Sie in der Ansicht in den Tag, für den Sie einen Termin eingeben möchten. Am schnellsten gelangen Sie zu dem gewünschten Datum, indem Sie es mit der linken Maustaste im verkleinerten Kalender anklicken.

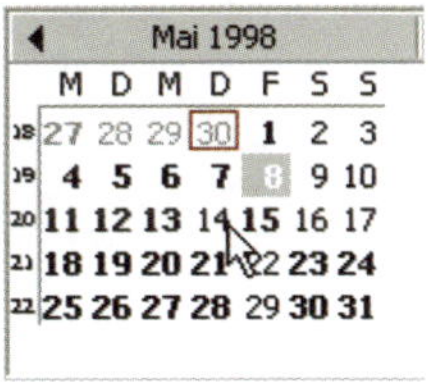

3 Jetzt wird das gewählte Datum in der Tagesansicht dargestellt.

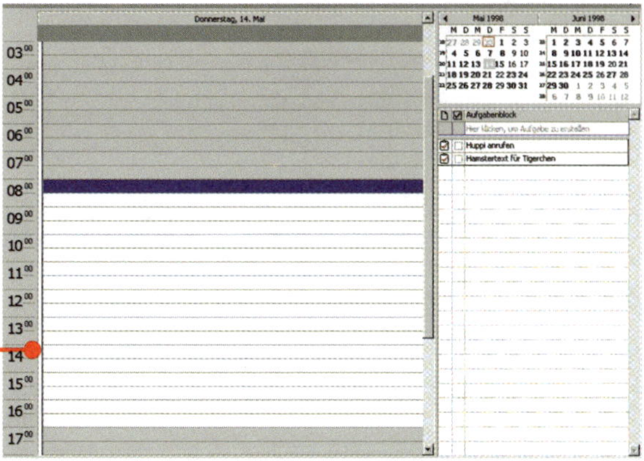

4 Klicken Sie mit der linken Maustaste auf die ungefähre Anfangszeit des Termins.

5 Tippen Sie nun den Text ein, den Sie zur Kennzeichnung des neuen Termins benötigen.

6 Damit der neue Termin eingetragen wird, betätigen Sie anschließend die ↵-Taste.

Daraufhin erscheint vor dem Termin eine Alarmglocke, die darauf hinweist, daß mit diesem Termin ein Alarm verbunden ist.

Termine verlängern

Outlook geht davon aus, daß Termine, die Sie auf die Schnelle mit der Maus eintragen, nicht länger als 30 Minuten dauern. Wenn doch, können Sie den längeren Termin ebenfalls problemlos mit der Maus eintragen. Die Tastatur muß dabei nicht benutzt werden.

1 Wechseln Sie gegebenenfalls in die Tages- oder Arbeitswochenansicht.

2 Wenn Sie nun die Endzeit und somit die Dauer eines Termins ändern möchten, klicken Sie mit der linken Maustaste auf die Linie, die den Termin am unteren Rand begrenzt, und halten die Maustaste gedrückt.

3 Jetzt ziehen Sie die untere Linie mit gedrückter linker Maustaste auf die gewünschte Größe und erweitern dadurch das Terminfeld.

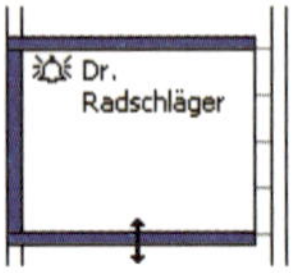

4 Lösen Sie die linke Maustaste an der gewünschten Position, und bestätigen Sie die Änderungen mit einem Druck auf die ↵-Taste.

Termine innerhalb eines Tages verschieben

Mitunter müssen Termine vorgezogen oder aber nach hinten verschoben werden. Dies ist ebenfalls mit einigen wenigen Mausklicks möglich.

1 Wechseln Sie in die Tagesansicht.

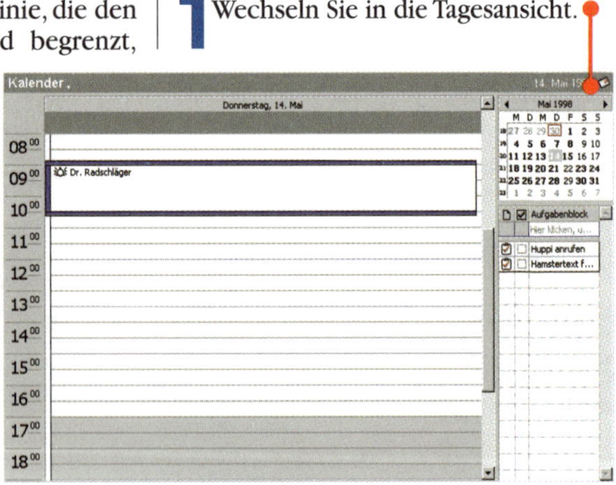

2 Dort positionieren Sie den Mauszeiger am linken Rand des Termineintrages.

Der Mauszeiger verwandelt sich jetzt in einen Vierfachpfeil.

3 Klicken Sie nun auf die linke Maustaste, und halten Sie diese gedrückt.

4 Verschieben Sie die Maus mit gedrückter linker Maustaste an die gewünschte Position.

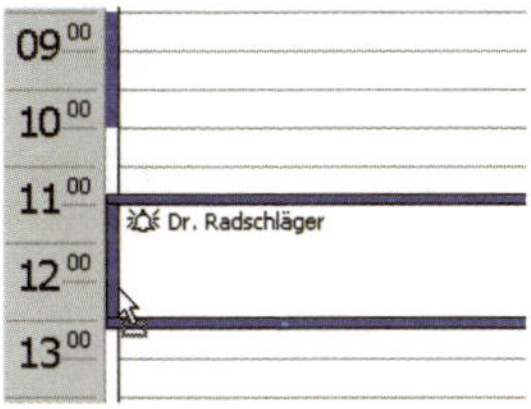

Der farbige Balken rechts neben der Zeitleiste symbolisiert übrigens die ursprüngliche Zeitspanne des Termins.

Während Sie den Mauszeiger nach oben oder unten ziehen, ändert Outlook 98 gegebenenfalls auch den dargestellten Ausschnitt.

5 Lösen Sie die Maustaste erst wieder, wenn Sie die gewünschte Position erreicht haben.

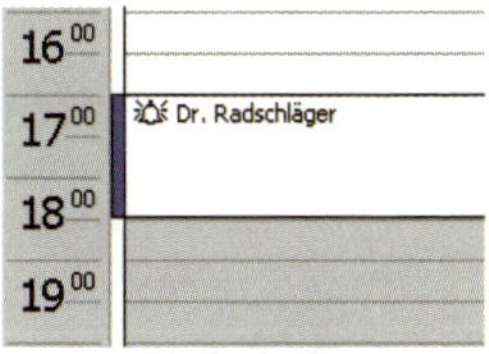

Der Termin wird daraufhin an der neuen Position eingeblendet.

Termine über die Tagesgrenze hinweg verschieben

Damit ein Termin über die Tagesgrenze hinweg verschoben werden kann, müssen Sie ihn zunächst zu dem gewünschten Datum verschieben und dann die Uhrzeit anpassen.

1 Wechseln Sie gegebenenfalls in die Wochen- oder Monatsansicht.

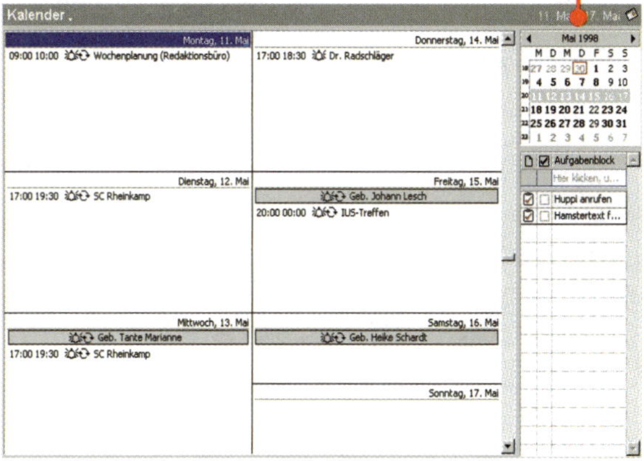

2 Plazieren Sie den Mauszeiger auf der Uhrzeit des Termins. Der Mauszeiger verwandelt sich erneut in einen Vierfachpfeil.

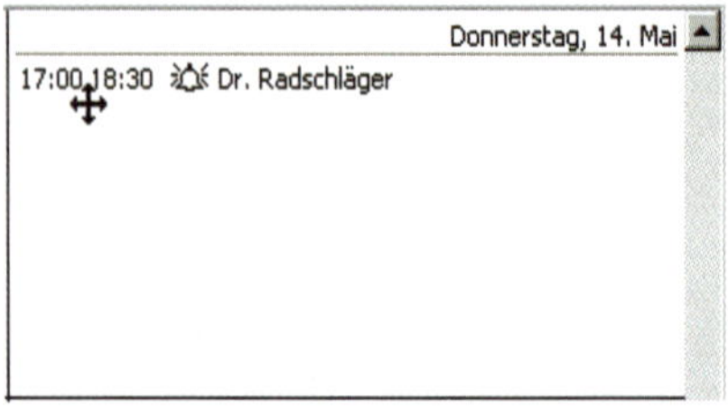

3 Jetzt drücken Sie die linke Maustaste, halten sie gedrückt und ziehen den Eintrag auf den neuen Wochentag.

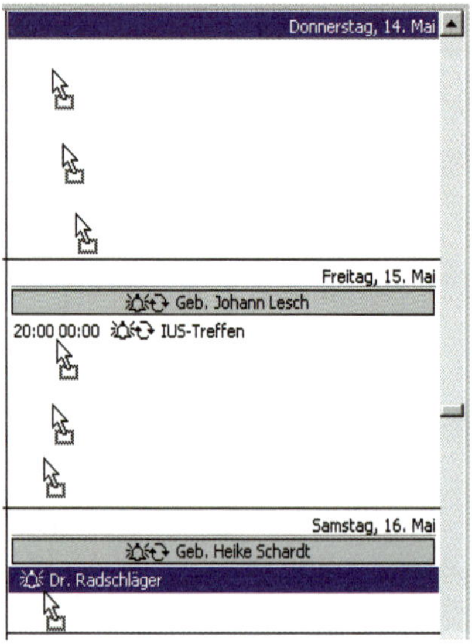

4 Lösen Sie die Maustaste erst wieder an der gewünschten Position.

5 Zur Änderung der Uhrzeit folgen Sie der Schritt-für-Schritt-Anleitung im vorherigen Abschnitt.

Termine bearbeiten

Termine bieten mehr Raum für Notizen etc., wenn Sie diese nachträglich bearbeiten.

1 Klicken Sie mit der linken Maustaste doppelt auf den zu bearbeitenden Termin.

2 Es öffnet sich das Dialogfenster Termin, in dem Sie alle Einstellungen für den Termin vornehmen können.

3 In der Zeile Betreff: läßt sich die Überschrift des Termins korrigieren beziehungsweise ergänzen.

Klicken Sie mit der linken Maustaste in das **Eingabefeld**, und ändern Sie den Betreff wie gewünscht.

4 Wenn es sich um einen auswärtigen Termin handelt, können Sie bei Bedarf auch den Ort eintippen.

Klicken Sie mit der linken Maustaste in das Eingabefeld

, und tragen Sie den gewünschten Text ein.

Die Ortsangabe wird in den verschiedenen Ansichten später in runden Klammern hinter dem Betreff dargestellt.

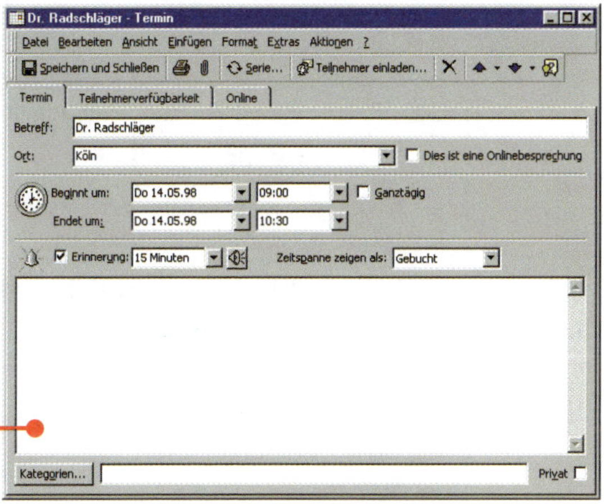

5 Im Dialogfenster **Termin** können Sie auf einfache Art auch Beginn und Ende des Termins korrigieren.

Klicken Sie mit der linken Maustaste auf den Abwärtspfeil hinter dem Datumsfeld, um das Datum zu ändern.

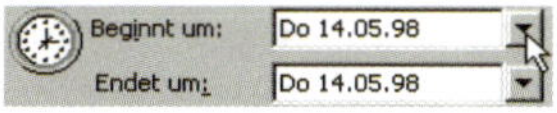

Im jetzt erscheinenden Kalenderblatt können Sie mit der linken Maustaste das neue Datum anklicken.

Das Enddatum wird hierbei automatisch an das Anfangsdatum angepaßt.

Ähnlich lassen sich auch Anfangs- und Endzeit des Termins ändern. Outlook 98 stellt Ihnen auf Mausklick den Tag in 30 Minutenschritten unterteilt zur Verfügung. Klicken Sie mit der linken Maustaste auf den Abwärtspfeil neben der Anfangszeit.

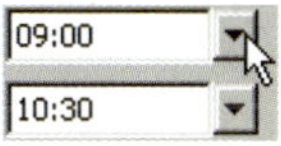

! Auf Ortsangaben zurückgreifen

Sofern Sie Termine bereits mit Ortsangaben versehen haben, können Sie auf diese immer wieder zurückgreifen, ohne den Text stets neu eingeben zu müssen. Klicken Sie hierzu mit der linken Maustaste auf den Abwärtspfeil am Ende des Eingabefelds.

In der sich nun öffnenden Liste klicken Sie, ebenfalls mit der linken Maustaste, auf den gewünschten Eintrag.

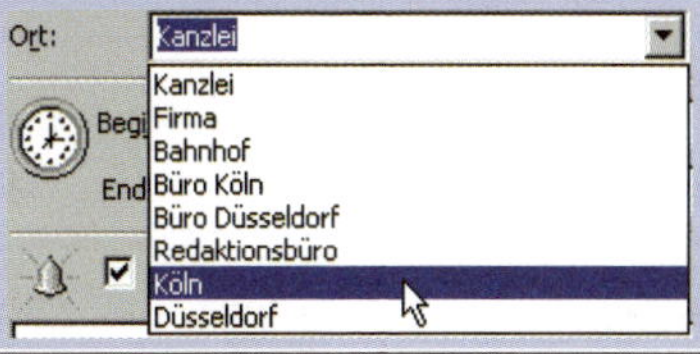

Über die Bildlaufleiste am rechten Rand können Sie auf Zeiten außerhalb des aktuellen Abschnitts zugreifen.

Klicken Sie nun mit der linken Maustaste auf den gewünschten Eintrag, damit die Anfangszeit korrigiert wird.

Auch hier wird die Endzeit automatisch an die neue Anfangszeit angepaßt. Wenn Sie den Termin allerdings verlängern möchten, müssen Sie die Endzeit demzufolge ebenfalls ändern.

Klicken Sie hierzu auf den Abwärtspfeil neben der Endzeit und danach auf den gewünschten Eintrag in der Liste.

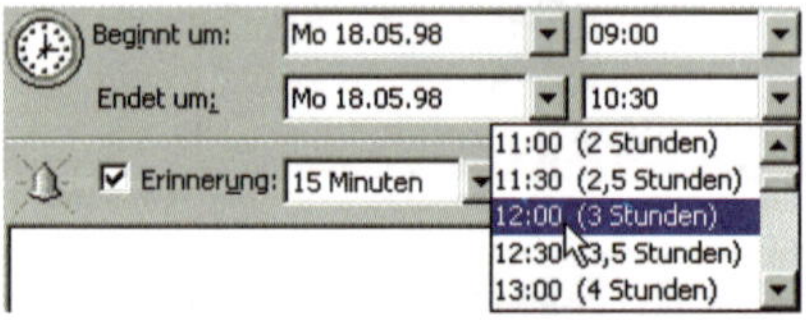

Damit Sie nicht lange rechnen müssen, welche Zeitspanne der Termin mit der neuen Endzeit umfaßt, können Sie hinter der Uhrzeit die Dauer des Eintrags ablesen.

6 Genau wie Kontakte lassen sich auch Termine bestimmten Kategorien zuordnen. Klicken Sie hierzu mit der linken Maustaste auf die Schaltfläche

.

Aktivieren Sie nun die gewünschte Kategorie wiederum per Mausklick

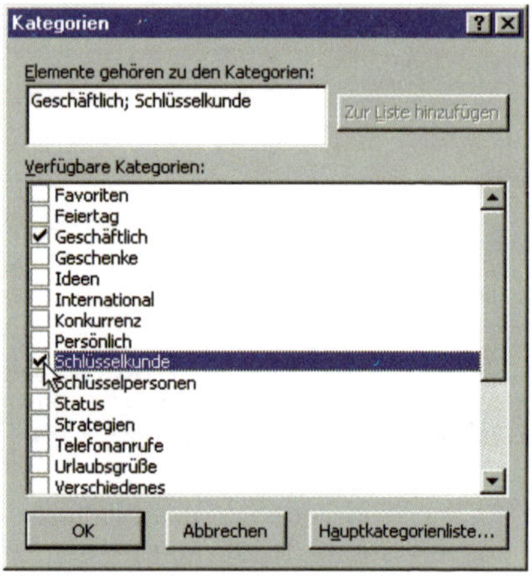

und bestätigen Sie Ihre Wahl mit

.

7 Abschließend bestätigen Sie alle Änderungen mit einem Klick auf die Schaltfläche

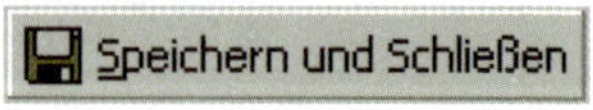

.

Alarm ändern

Standardmäßig werden alle neu eingetragenen Termine mit einem Alarm be-

! Überschneidungen

Outlook 98 weist Sie bereits bei der Eingabe des Termins auf eventuelle Unstimmigkeiten in Ihrer Terminplanung hin. Falls zwei Termine zur gleichen Zeit anliegen sollten, erscheint der Hinweis

Außerdem blendet das Programm eine Warnung ein, wenn zwei Termine direkt aneinandergrenzen.

legt, der 15 Minuten vor dem eigentlichen Termin gegeben wird. Dann erscheint ein Dialogfenster, und ein akustisches Signal ertönt. Wenn Sie mit einer Vorlaufzeit von 15 Minuten nicht einverstanden sind, können Sie diese selbstverständlich ändern.

1 Klicken Sie doppelt mit der linken Maustaste auf den Termin, für den Sie den Alarm ändern möchten.

2 Im nachfolgenden Dialogfenster Termin wird der aktuelle Alarm dargestellt.

3 Klicken Sie mit der linken Maustaste auf den Abwärtspfeil

und in der sich nun öffnenden Liste auf die gewünschte Vorlaufzeit.

4 Bestätigen Sie die vorgenommenen Änderungen mit einem Klick auf die Schaltfläche

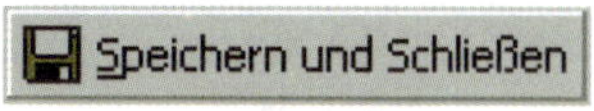

.

Wöchentliche Terminwiederholungen eingeben

Häufig wiederholen sich Termine in regelmäßigen Abständen. Damit Sie diese

Termine nicht immer und immer wieder von Hand in Ihren Kalender eingeben müssen, stellt Ihnen Outlook 98 hierfür eine eigene Funktion zur Verfügung.

1 Klicken Sie doppelt auf den Termin, der wöchentlich stattfindet.

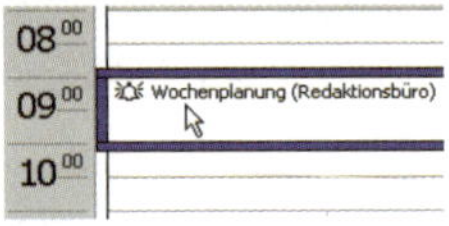

2 Daraufhin öffnet sich das Dialogfenster **Termin**, in dem Sie den einzelnen Termin in eine sogenannte Serie umwandeln können.

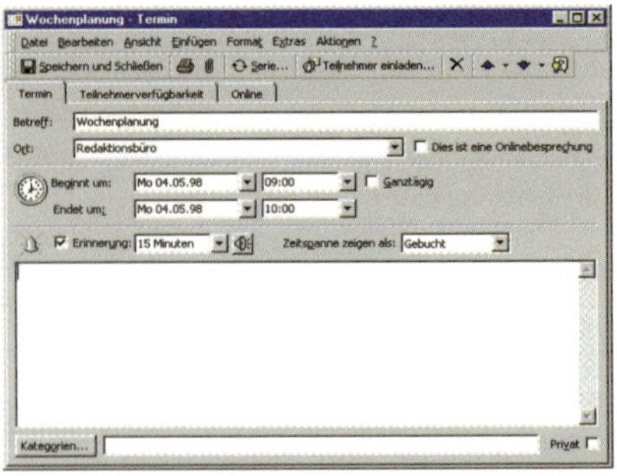

Klicken Sie mit der linken Maustaste in der Symbolleiste auf die Schaltfläche

.

3 Im nächsten Dialogfenster **Terminserie** legen Sie alle Einzelheiten zur Wiederholung fest.

4 Wählen Sie zunächst das Serienmuster, also das Wiederholungsintervall für den Termin.

Wenn sich ein Termin jede Woche am selben Tag wiederholt, markieren Sie das Serienmuster

.

5 Da der Termin jede Woche stattfindet, geben Sie in das Feld

den Wert „1“ ein.

6 Außerdem besteht die Möglichkeit, den Wochentag des sich wiederholenden Termins zu ändern. Der derzeit gültige Wochentag des Termins ist bereits markiert. Im Feld

können Sie den Termin jedoch noch problemlos korrigieren.

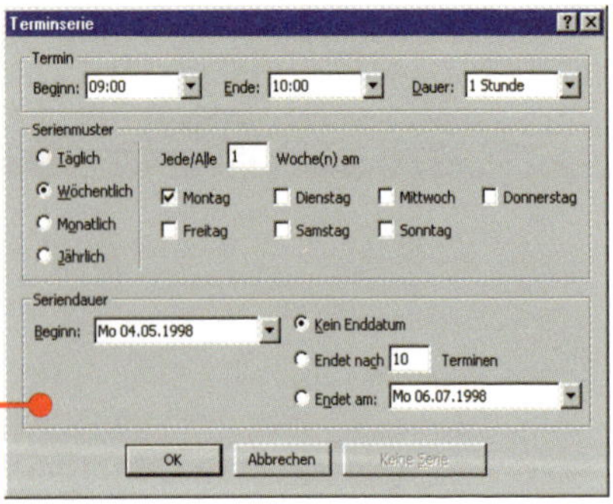

7 Zunächst findet jede Serie unendlich oft statt, da kein Enddatum für die Serie vermerkt ist. Es läßt sich aber auch ein festes Enddatum oder eine Anzahl von Wiederholungen vorgeben.

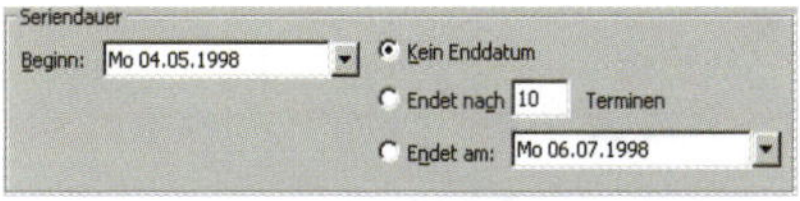

> **! Seriendauer**
>
> Es empfiehlt sich, eine Anzahl von Wiederholungen festzulegen, wenn Sie beispielsweise eine regelmäßig wiederkehrende, aber zeitlich begrenzte Veranstaltung eintragen möchten. Etwa einen Kurs mit soundso vielen Einzelsitzungen.
>
> Endet nach 10 Terminen
>
> Die Eingabe eines Enddatums ist wiederum dann von Nutzen, wenn Sie während einer Urlaubsvertretung bis zu einem bestimmten Tag Termine wahrnehmen müssen.
>
> Endet am: Mo 06.07.1998
>
> Falls Sie sich allerdings nicht sicher sein sollten, wie oft Sie einen Termin wiederholen werden, wählen Sie die Option
>
> Kein Enddatum

8 Bestätigen Sie Ihre Eingaben im Dialogfenster **Terminserie** mit einem Klick auf **OK**.

Damit die Serie wunschgemäß in Outlook 98 eingetragen wird, betätigen Sie abschließend die Schaltfläche **Speichern und Schließen**.

> **! Alle ... Wochen**
>
> Für Termine, die 14tägig wiederholt werden, müssen Sie den Wert „2" eingeben – der Termin wird dann alle 2 Wochen beziehungsweise alle 14 Tage wiederholt.

Monatliche Terminwiederholungen eingeben

Was bei wöchentlich wiederkehrenden Terminen funktioniert, schafft ein Programm wie Outlook 98 natürlich auch bei monatlichen Wiederholungen.

1 Klicken Sie doppelt auf den Termineintrag, der einmal im Monat stattfindet.

2 Danach klicken Sie im Dialogfenster **Termin** auf die Schaltfläche **Serie...**.

3 Im sich öffnenden Dialogfenster **Terminserie** wählen Sie unter **Serienmuster** nun die Option

Wöchentlich
Monatlich
Jährlich.

4 Bestimmen Sie jetzt, wann der Termin eingetragen werden soll. Sie können zwischen einem festen Datum wählen

oder aber einen festen Wochentag eingeben.

5 Wie bereits im vorherigen Abschnitt beschrieben, läßt sich auch ein Enddatum festlegen, bis zu dem die Serie wiederholt werden soll.

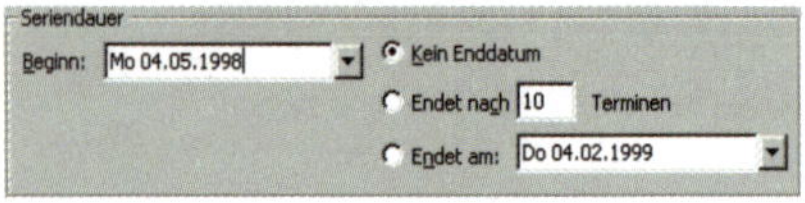

6 Bestätigen Sie die Einstellungen im Dialogfenster Terminserie mit OK, und verlassen Sie anschließend das Dialogfenster Termin mit einem Klick auf die Schaltfläche Speichern und Schließen.

Daraufhin wird die Serie in den Kalender eingetragen.

Jährliche Terminwiederholungen eintragen

Bei Terminen, die sich jährlich wiederholen, gehen Sie erwartungsgemäß nach der gleichen Methode vor.

1 Klicken Sie doppelt auf den Eintrag, den Sie jährlich wiederholen möchten.

2 Öffnen Sie das Dialogfenster Terminserie mit einem Klick auf die Schaltfläche Serie... .

3 Danach wählen Sie im Dialogfenster Terminserie unter Serienmuster die Option

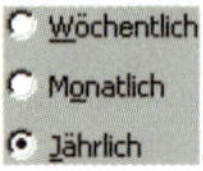

.

4 Legen Sie nun fest, ob der Termin zu einem bestimmten Datum oder an einem festen Wochentag eines Monats wiederholt werden soll.

5 Bestätigen Sie die Einstellungen im Dialogfenster Terminserie mit OK, und verlassen Sie anschließend das Dialogfenster Termin mit einem Klick auf die Schaltfläche Speichern und Schließen.

Auch diese Serie wird jetzt in den Kalender eingetragen.

Serien ändern

Bei der nachträglichen Bearbeitung von Serien müssen Sie zwischen der eigentlichen Serie und dem einzelnen Eintrag unterscheiden.

1 Klicken Sie doppelt auf den Serieneintrag, an dem Sie Änderungen vornehmen wollen.

2 Im Dialogfenster **Terminserie öffnen** können Sie nun wählen, ob Sie die gesamte Serie ändern möchten oder ob sich die Korrektur lediglich auf das doppelt angeklickte Serienelement beziehen soll.

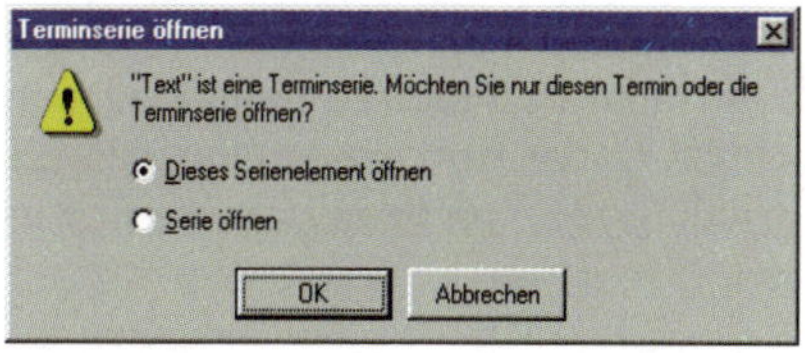

3 Danach nehmen Sie die gewünschten Änderungen am Eintrag vor und klicken auf die Schaltfläche

, damit Ihre Korrekturen gespeichert werden.

Termine suchen

Da war doch noch ...? Wann sollte ich noch ...?

Mitunter möchten Sie vielleicht einen Termin nachschlagen, können sich jedoch nicht mehr daran erinnern, für welches Datum Sie ihn eingetragen hatten. Für diesen Fall hält Outlook 98 eine spezielle Suchfunktion bereit.

1 Wechseln Sie gegebenenfalls in den Kalender.

2 Klicken Sie mit der linken Maustaste in der Symbolleiste auf das Symbol

.

3 Unterhalb der Symbolleiste wird nun die Such-Maske eingeblendet.

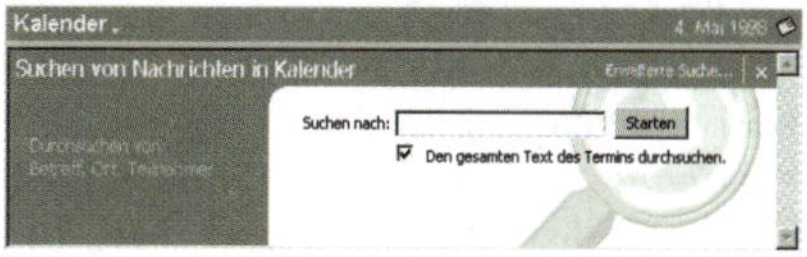

4 Hier geben Sie den gewünschten Suchbegriff im Feld

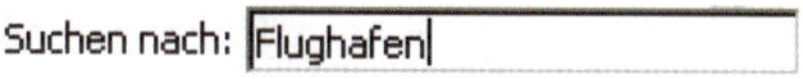

ein.

5 Mit einem Klick auf die Schaltfläche

setzen Sie die Suche in Gang.

6 Daraufhin werden alle Einträge, die zum Suchbegriff passen, in einer Liste dargestellt.

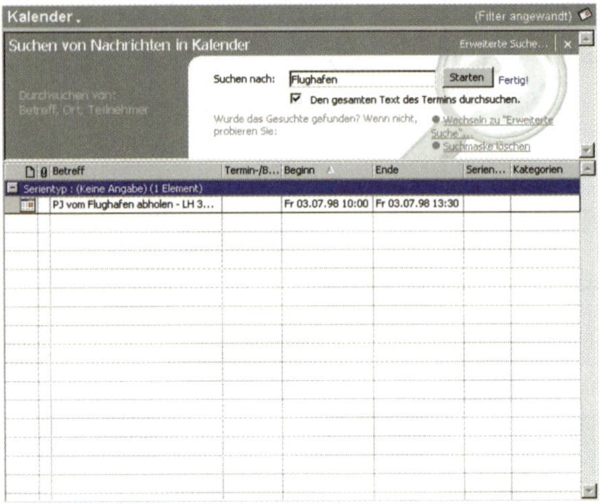

Kalender ausdrucken

Nicht immer steht der Computer zur Verfügung, und so ist es bisweilen nötig, einen Ausdruck des Kalenders schwarz auf weiß in den Händen zu halten.

1 Wechseln Sie gegebenenfalls in den Kalender.

2 Klicken Sie mit der linken Maustaste in der Menüleiste auf Datei.

3 Im geöffneten Datei-Menü wählen Sie den Befehl

.

4 Je nach zuvor gewählter Ansicht ist im Dialogfenster Drucken bereits ein Druckformat markiert.

5 Wenn Sie ein anderes Druckformat bevorzugen, klicken Sie dieses mit der linken Maustaste in der Liste an.

Über die Bildlaufleiste am rechten Rand der Liste können Sie auch auf jene Einträge zugreifen, die nicht dargestellt werden.

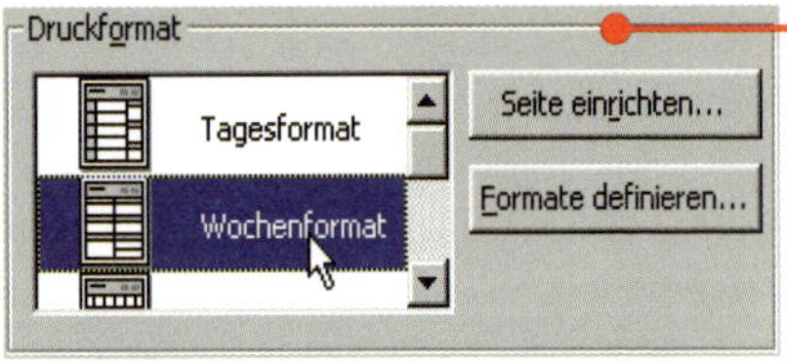

6 Welchen Zeitraum Sie für den Ausdruck berücksichtigen möchten, wählen Sie im Bereich

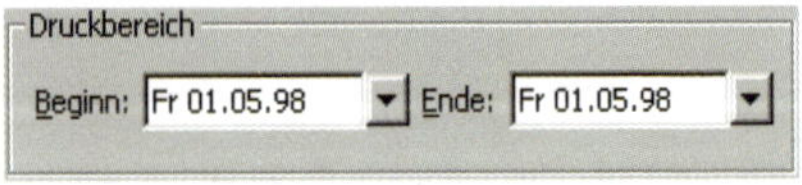

Der vorgegebene Druckbereich entspricht der aktuellen Ansicht. Wenn Sie hingegen das Dialogfenster Drucken aus der Monatsansicht öffnen, wird als Druckbereich der zuletzt dargestellte Monat übernommen.

Verschiedene Druckformate

Im „Tagesformat“ wird pro Seite ein Tag zwischen 7 Uhr bis 19 Uhr gedruckt. Am rechten Seitenrand werden zusätzlich der Aufgabenblock und ein Freiraum für Kommentare ausgedruckt.

Das „Wochenformat“ entspricht der Darstellung „Wochenansicht“. Hier werden alle Wochentage ohne Aufgabenblock und Kommentarraum ausgegeben.

Einen gesamten Monat haben Sie im „Monatsformat“ im Blick. Dieses Format entspricht der Darstellung „Monatsansicht“.

Beim „Dreifachformat“ werden in drei gleichmäßigen Spalten die Tagesübersicht, der Aufgabenblock und die Wochendarstellung ausgedruckt.

Das Format „Kalenderdetailinfo“ eignet sich vor allem dann, wenn Sie keine grafische Gestaltung der Termine in Form eines Kalenderblatts wünschen. Hier werden lediglich die einzelnen Tage mit Ihren Terminen in einer Liste aufgeführt.

7 Nachdem Sie alle gewünschten Einstellungen vorgenommen haben, starten Sie den Druckvorgang mit einem Klick auf die Schaltfläche

.

Vorsicht

Es werden stets alle Tage des Druckbereichs berücksichtigt: Falls Sie also das Dialogfenster Drucken aus der Monatsansicht geöffnet haben und das Druckformat „Tagesformat“ wählen, so wird für jeden Tag ein eigenes Blatt ausgegeben.

Termine löschen

Ein Termin ist geplatzt, und Sie möchten ihn nicht länger im Kalender darstellen? Kein Problem. Mit ein paar Mausklicks verschwindet der Termin aus Ihrem Kalender.

1 Wechseln Sie gegebenenfalls in den Bereich

.

2 Markieren Sie den Termin, den Sie löschen wollen, indem Sie ihn mit der linken Maustaste anklicken.

3 Klicken Sie nun in der Symbolleiste mit der linken Maustaste auf das Symbol

.

4 Anschließend wird der Termin aus dem Kalender entfernt.

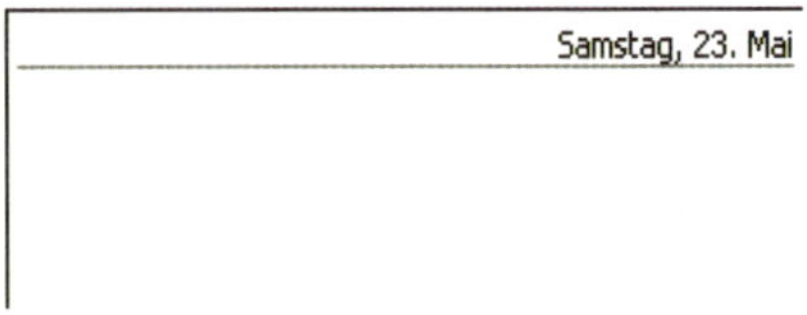

Achtung Terminserien

Wenn Sie einen Termin löschen möchten, der Teil einer Terminserie ist, so müssen Sie Sorgfalt walten lassen. Nachdem Sie auf die Schaltfläche

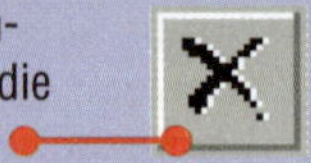

geklickt haben, können Sie im Dialogfenster

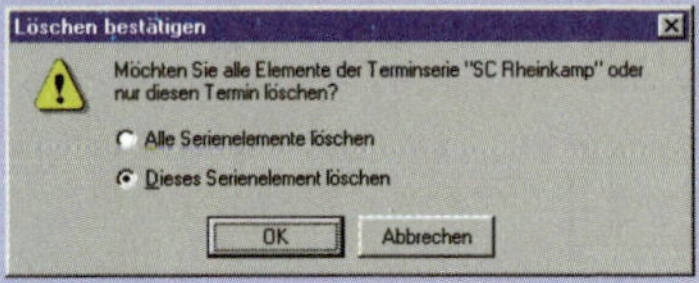

festlegen, ob Sie die gesamte Serie oder aber nur den markierten Eintrag entfernen wollen. Standardmäßig geht Outlook 98 davon aus, daß Sie lediglich das aktuelle Element löschen möchten.

4 Aufgaben eintragen und verwalten

Nicht nur Termine und Adressen, auch Projekte und Aktivitäten können Sie in Outlook 98 eintragen und verwalten. Gerade bei umfangreicheren Projekten ist es wichtig, die Übersicht zu behalten, und Outlook trägt maßgeblich dazu bei. Sobald Sie Teile des Projekts beendet haben, können Sie diese in der sogenannten Aufgaben-Liste als erledigt kennzeichnen.

So wissen Sie stets, welche Aufgaben Sie in Zukunft noch zu erledigen haben.

Nicht nur komplexe Aktivitäten finden Aufnahme in der Aufgaben-Liste. Auch eintägige Projekte, wie die Erledigung wichtiger Anrufe, können Sie in die Aufgaben-Liste eingeben.

In diesem Kapitel erfahren Sie,

- wie Sie neue Aufgaben anlegen,
- wie Sie Aufgaben editieren,
- wie Sie sich wiederholende Aufgaben eintragen,
- wie Sie Aufgaben suchen,
- und wie Sie Aufgaben ausdrucken.

Kapitel-Wegweiser

Aufgaben anlegen

Sie planen ein neues Projekt oder müssen neue Aufgaben überdenken? Tragen Sie diese in die Aufgaben-Liste von Outlook 98 ein, damit Sie jederzeit die noch bevorstehenden Aufgaben überblicken können und sich nicht verzetteln.

1 Wechseln Sie gegebenenfalls in den Aufgaben-Bereich. Klicken Sie hierzu auf das **Symbol**

.

2 Klicken Sie für die Erstellung einer neuen Aufgabe in der **Symbolleiste** auf das Symbol

.

3 Im sich nun öffnenden **Dialogfenster** können Sie alle benötigten Daten eingeben.

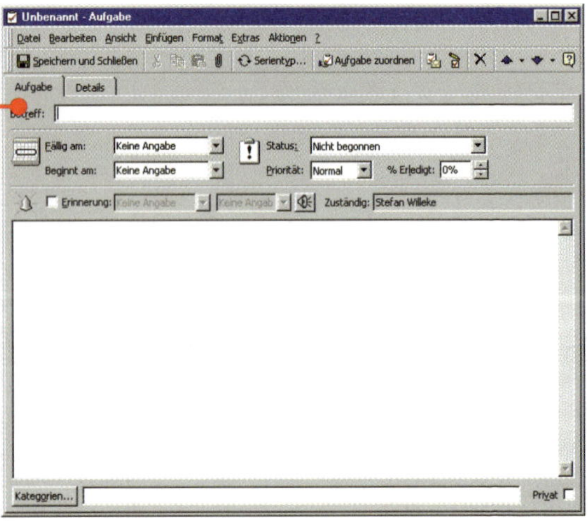

4 Zuerst tippen Sie den Titel für die Aufgabe ein.

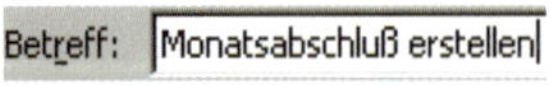

5 Als nächstes können Sie einen Fälligkeitstermin für die Aufgabe eintragen. Wenn Sie mit der Aufgabenlösung nicht unter Zeitdruck stehen, ist es möglich, auf die Eingabe eines Fälligkeitstermins zu verzichten.

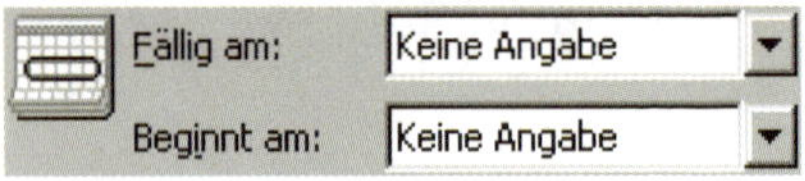

Outlook 98 geht bereits standardmäßig davon aus, daß die Aufgabe nicht zu einem bestimmten Zeitpunkt erledigt sein muß.

Falls es sich hingegen um eine Projektplanung handelt, die Sie zu einem festen Datum abgeschlossen haben müssen, ist es notwendig, ein Fälligkeitsdatum vorzugeben.

Klicken Sie hierzu mit der linken Maustaste auf den Abwärtspfeil neben dem Feld

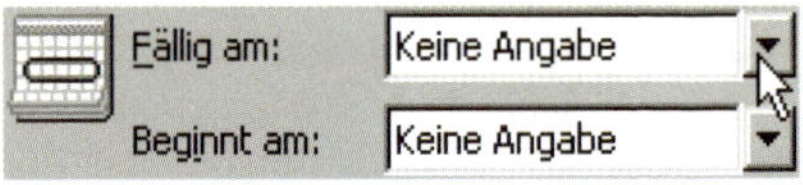

und im dann aufklappenden Kalender auf das gewünschte Datum.

6 Auch ein Startdatum können Sie vorgeben, und zwar im Feld

Klicken Sie hierzu mit der linken Maustaste auf den Abwärtspfeil neben dem Feld und im sich nun öffnenden Kalender auf das gewünschte Datum.

Sofern das gewünschte Datum zufällig mit dem heutigen Tag identisch ist, genügt ein Mausklick auf die Schaltfläche

.

7 Jeder Aufgabe können Sie eine von fünf Status-Eigenschaften zuweisen. Mit Hilfe des Status läßt sich in der Aufgabenübersicht auf Anhieb erkennen, ob die Aufgabe bereits bearbeitet wird oder beispielsweise zurückgestellt wurde.

Klicken Sie mit der linken Maustaste auf den Abwärtspfeil neben dem Feld

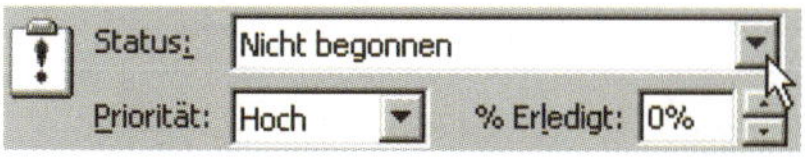

! Status-Varianten

„Nicht begonnen“: Die Aufgabe ist bereits eingetragen, jedoch noch nicht in Bearbeitung. Hierbei handelt es sich um die Standardeinstellung für alle neu eingetragenen Aufgaben.

„In Bearbeitung“: Die Aufgabe wird bearbeitet. Outlook 98 wechselt automatisch zum Status „In Bearbeitung“, sobald im Feld „% Erledigt“ ein Wert größer als Null eingegeben wurde.

„Erledigt“: Die Aufgabe wurde vollständig erledigt. In der Aufgabenübersicht erkennen Sie erledigte Aufgaben daran, daß diese durchgestrichen sind.

„Wartet auf jemand anderen“: Die Aufgabe kann nicht weiterbearbeitet werden, weil eine andere Person hierfür nötig ist.

„Zurückgestellt“: Die Aufgabe wird zurückgestellt, da sie aus irgendeinem Grund nicht weiter bearbeitet oder mit ihr angefangen werden kann.

und wählen Sie, ebenfalls per Mausklick, den gewünschten Status.

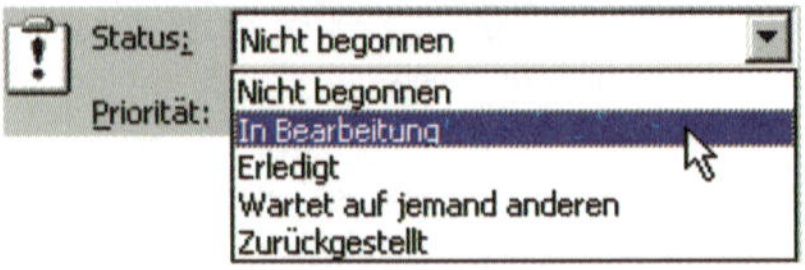

8 Darüber hinaus besteht die Möglichkeit, einer Aufgabe je nach Dringlichkeit eine von drei verschiedenen Prioritäten zuzuweisen. Die Erstellung eines Monatsberichts ist beispielsweise sicherlich wichtiger, als das Dachzimmer aufzuräumen.

Zunächst erhält jede neue Aufgabe die Priorität „Normal". Um die Priorität zu ändern, klicken Sie mit der linken Maustaste auf den Abwärtspfeil neben dem gleichnamigen Feld und wählen aus der Liste den gewünschten Eintrag.

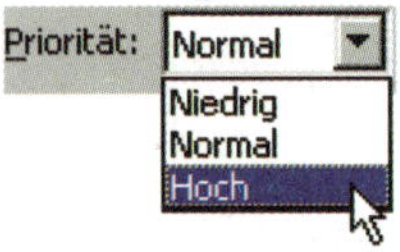

10 Für weitere Notizen zur aktuellen Aufgabe ist im unteren Teil des Dialogfensters ausreichend Raum vorhanden. Klicken Sie mit der linken Maustaste in den Bereich, und tippen Sie Ihre Bemerkungen ein.

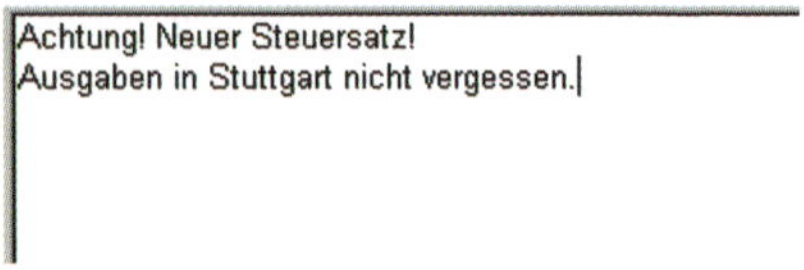

11 Nachdem Sie alle gewünschten Informationen eingegeben haben, können Sie die Aufgabe endgültig in Outlook eintragen. Klicken Sie hierzu auf die Schaltfläche

.

Die Aufgabe wird nun in der Aufgabenliste dargestellt.

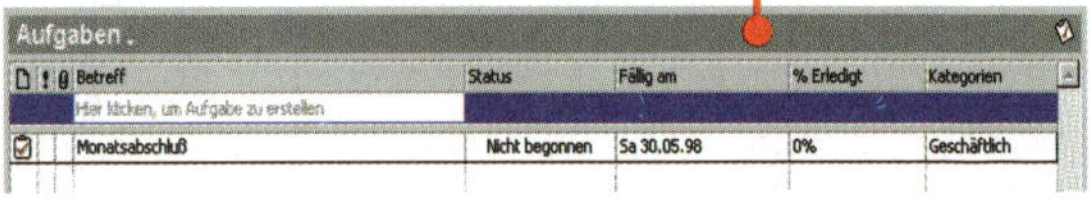

9 Damit Sie bei vielen unterschiedlichen Aufgaben nicht die Übersicht verlieren, sollten Sie die Aufgaben in Kategorien aufteilen.

Klicken Sie hierzu mit der linken Maustaste auf die Schaltfläche

.

Im nachfolgenden Dialogfenster aktivieren Sie die gewünschte Kategorie, wiederum per Mausklick, und bestätigen Ihre Wahl mit

.

Aufgaben bearbeiten

Aufgaben-Einträge lassen sich selbstverständlich, wie alle anderen Einträge auch, nachträglich bearbeiten.

1 Wechseln Sie gegebenenfalls in den Aufgaben-Bereich.

2 Klicken Sie doppelt auf den Aufgaben-Eintrag, den Sie bearbeiten möchten.

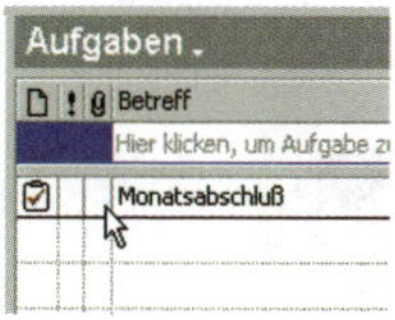

3 Im Dialogfenster Aufgabe können Sie nun die gewünschten Änderungen vornehmen.

4 Damit Sie den Fortschritt einer Aufgabe verfolgen können, sollten Sie stets angeben, wieviel Prozent der Aufgabe bereits erledigt wurde.

Klicken Sie mit der linken Maustaste auf den kleinen Aufwärtspfeil, um den Wert um 25 % zu erhöhen, oder auf den kleinen Abwärtspfeil, um den Wert um 25 % zu verringern.

> **Status**
>
> Sobald Sie einen Wert über null Prozent eingeben, ändert sich der Status der Aufgabe automatisch von „Nicht begonnen“ in „In Bearbeitung“.

5 Klicken Sie mit der linken Maustaste auf die Registerzunge

, und tragen Sie im nachfolgenden Register „Details“ weitere Informationen zur aktuellen Aufgabe ein.

6 Falls die Aufgabe bereits erledigt sein sollte, können Sie im Feld

das Datum eingeben, zu dem die Aufgabe fertig wurde. Klicken Sie mit der linken Maustaste auf den Abwärtspfeil neben dem Feld

und im sich öffnenden Kalender auf das gewünschte Datum.

7 Den geschätzten Zeitaufwand für die Erledigung tragen Sie in das Feld

ein.

Sobald die Aufgabe ganz erledigt ist, können Sie in das Feld „Ist-Aufwand“ die tatsächlich benötigte Zeit eingeben oder aber bereits während der Bearbeitung stets die angefallenen Stunden addieren.

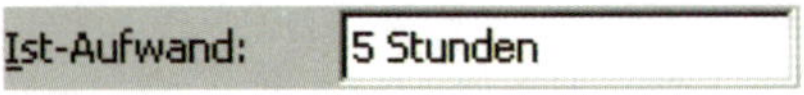

8 Für die spätere Kostenberechnung lassen sich im Feld

die verfahrenen Kilometer eintragen.

Für weitere Eingaben steht Ihnen das Feld

zur Verfügung.

9 Nachdem Sie die gewünschten Änderungen vorgenommen haben, klicken Sie auf die Schaltfläche

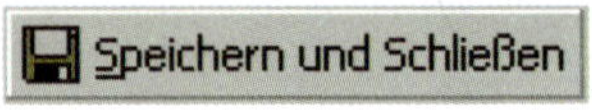

.

Sich erinnern lassen

Nicht nur Irren ist menschlich, auch die Vergeßlichkeit ist eine weitverbreitete Schwäche. Damit Sie wichtige Aufgaben nicht aus Versehen liegenlassen, kann Sie Outlook 98 auf anstehende Aufgaben aufmerksam machen.

1 Klicken Sie mit der linken Maustaste auf die Aufgabe, für die Sie die Erinnerungsfunktion aktivieren möchten.

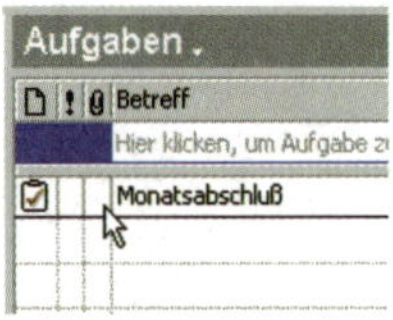

2 Aktivieren Sie per Mausklick das **Kontrollkästchen**

.

3 Danach legen Sie das Datum fest, zu dem Outlook 98 Sie an die Aufgabe erinnern soll.

Klicken Sie hierzu mit der linken Maustaste auf den Abwärtspfeil neben dem Feld

und im sich nun öffnenden Kalender auf das gewünschte Datum.

4 Die Uhrzeit, zu der die Erinnerung für die Aufgabe erscheinen soll, wählen Sie im Feld

.

Klicken Sie mit der linken Maustaste auf den nebenstehenden Abwärtspfeil

und in der folgenden Liste auf die gewünschte Uhrzeit.

5 Nachdem Sie den Alarm eingestellt haben, klicken Sie auf die Schaltfläche

.

6 Sofern zu der vorgegebenen Alarmzeit sowohl der Computer als auch das Programm Outlook 98 in Betrieb sind, erscheint zusammen mit einem Warnton - Soundkarte und ein entsprechendes Ausgabegerät vorausgesetzt - ein Erinnerungs-Fenster.

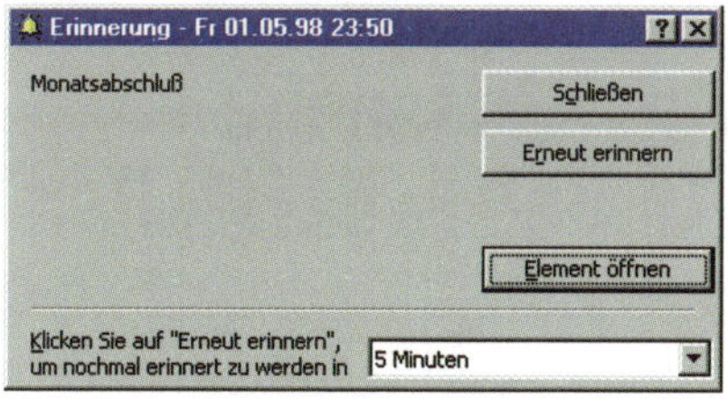

Wenn Outlook 98 danach nicht ein weiteres Mal an die Aufgabe erinnern soll, klicken Sie mit der linken Maustaste auf die Schaltfläche

.

Möchten Sie hingegen zu einem späteren Zeitpunkt erneut an die Aufgabe erinnert werden, bestimmen Sie eine Zeitspanne, nach der der Alarm das nächste Mal einsetzt. Klicken Sie hierzu mit der linken Maustaste auf den Abwärtspfeil neben dem Feld

,

und wählen Sie aus der Liste das Intervall, das Ihnen sinnvoll erscheint.

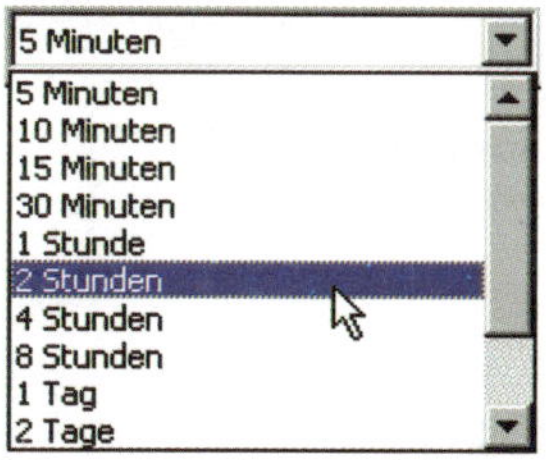

Bestätigen Sie Ihre Wahl mit einem Klick auf die Schaltfläche

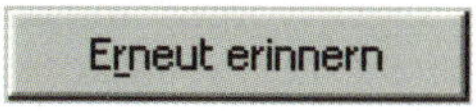

.

Aufgaben wiederholen

Es gibt Aufgaben, die sich regelmäßig wiederholen.

Damit Sie diese Aufgaben nicht immer wieder von Hand eingeben müssen, können Sie Outlook 98 anweisen, Aufgaben als Serien einzutragen. Sie erstellen einmalig die Aufgabe, definieren die Wiederholung, und Outlook 98 trägt die sich regelmäßig wiederholenden Aufgaben automatisch in den Kalender ein.

1 Wechseln Sie gegebenenfalls in den Aufgaben-Bereich.

2 Jetzt geben Sie eine Aufgabe, die Sie wiederholen möchten, neu ein, indem Sie mit der linken Maustaste auf das Symbol  klicken, oder Sie klicken doppelt auf eine bereits bestehende Aufgabe.

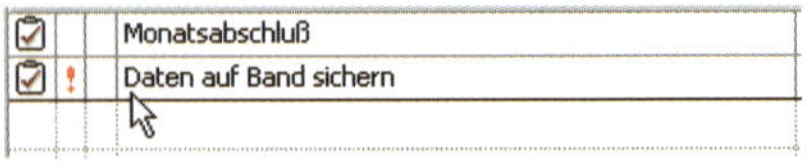

3 Anschließend klicken Sie im Dialogfenster Aufgabe mit der linken Maustaste auf die Schaltfläche

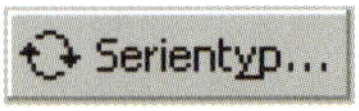

.

4 Wählen Sie im nun dargestellten Dialogfenster Aufgabenserie zunächst das Serienmuster.

Je nach markiertem Serienmuster können Sie unterschiedliche Wiederholungen wählen.

> **! Serienmuster**
>
> Die verschiedenen Serienmuster sind ausführlich in Kapitel 3 beschrieben.

Eine Besonderheit bei der Wiederholung von Aufgaben besteht darin, daß Sie eine Wiederholung auch erst nach Abschluß der vorherigen Aufgabe eintragen können.

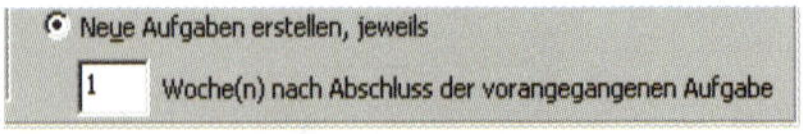

Die neue Aufgabe wird in diesem Fall unabhängig vom Datum eine Woche nach Abschluß der vorherigen Aufgabe eingetragen. Das ist praktisch, weil Sie dadurch bei zeitaufwendigeren Arbeiten nicht in Termindruck geraten.

5 Bestätigen Sie die Einstellungen im Dialogfenster Aufgabenserie mit

.

6 Am Ende übernehmen Sie alle Änderungen mit einem Klick auf die Schaltfläche

.

Ansichtssache – Aufgaben darstellen

Für die Darstellung der Aufgaben stehen Ihnen mehrere Möglichkeiten zur Verfügung.

1 Wechseln Sie gegebenenfalls in den Bereich

.

2 Danach klicken Sie mit der linken Maustaste auf Ansicht in der **Menüleiste**.

3 Positionieren Sie den Mauszeiger im geöffneten Ansicht -Menü auf dem Eintrag

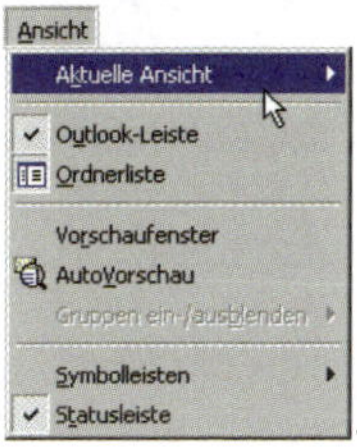

.

4 Daraufhin öffnet sich ein Menü, in dem Sie die gewünschte Ansicht per Mausklick markieren.

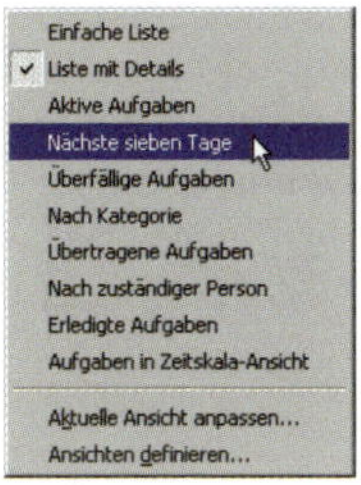

5 Neben den verschiedenen Ansichten im Bereich

werden anstehende Aufgaben auch innerhalb des Kalenders dargestellt - sofern Sie den Aufgabenblock nicht ausgeblendet haben.

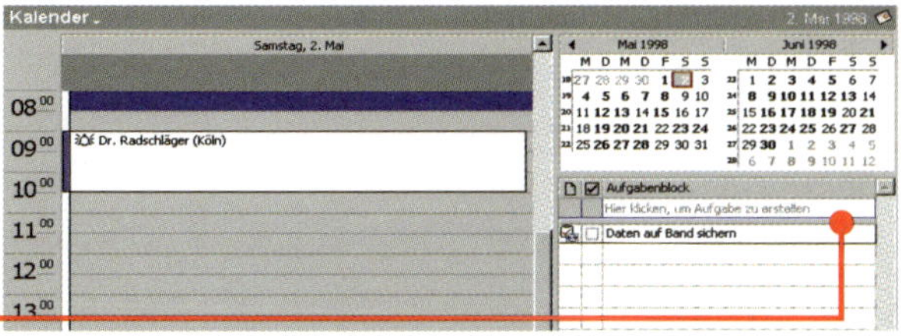

Aufgaben suchen

Sie haben eine Aufgabe eingetragen, können diese jedoch nicht finden? Mit Hilfe der Suchen-Funktion prangt die gesuchte Aufgabe binnen kürzester Zeit auf dem Bildschirm.

1 Wechseln Sie gegebenenfalls in die Ansicht

.

2 Klicken Sie mit der linken Maustaste in der Symbolleiste auf das Symbol

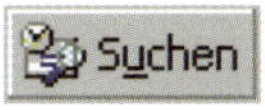

.

3 Oberhalb der bisher dargestellten Aufgaben erscheint das Suchen-Dialogfenster.

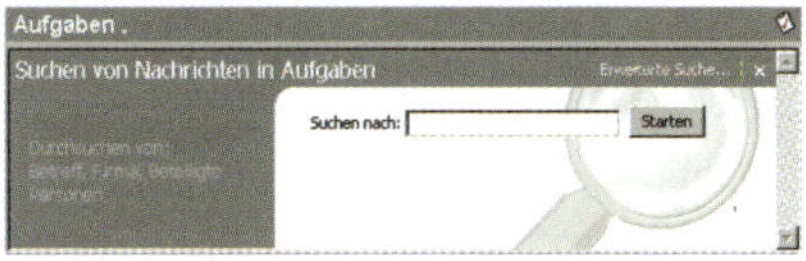

4 Tragen Sie hier den gewünschten Begriff in das Feld

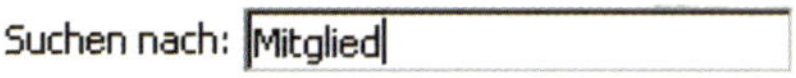

ein.

5 Mit einem Klick auf die Schaltfläche Starten beginnt der Suchvorgang nach dem eingetragenen Begriff.

6 Kurz darauf wird das, was das Programm gefunden hat, unterhalb des Suchen-Dialogfensters eingeblendet.

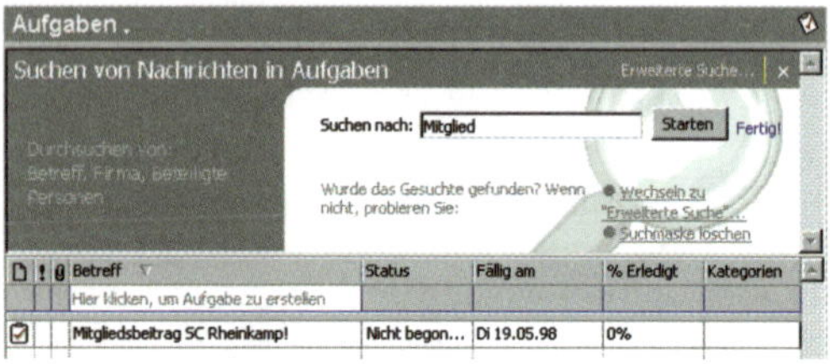

Aufgaben drucken

Sie können Ihre Aufgabenlisten selbstverständlich jederzeit zu Papier bringen, damit Sie sie auch ohne Computer im Blick haben.

1 Wechseln Sie gegebenenfalls in die Ansicht

.

2 Klicken Sie mit der linken Maustaste in der Menüleiste auf Datei.

3 Anschließend wählen Sie im geöffneten Datei-Menü den Befehl

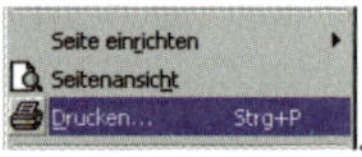

.

4 Bestätigen Sie im Dialogfenster Drucken den Druckauftrag mit einem Klick auf die Schaltfläche OK.

5 Ein Journal der Aktivitäten führen

Telefongespräche, Excel-Tabellen, Word-Dokumente, Präsentationen, E-Mail-Nachrichten… Im Laufe eines Tages birgt der Computer eine Menge von Aktivitäten, die im nachhinein oftmals nicht mehr nachvollziehbar sind. Häufig kann man sich noch an den Zeitpunkt erinnern, an dem man beispielsweise ein Dokument oder eine E-Mail-Nachricht bearbeitet hat, erinnert sich jedoch nicht mehr an den Dokumentnamen oder an den Betreff einer E-Mail-Nachricht.

In diesem Fall hilft Ihnen das Journal von Outlook 98. Das Journal funktioniert wie ein automatisches Logbuch, das eine Vielzahl Ihrer Aktivitäten am Computer selbständig protokolliert. Hierbei beschränkt es sich nicht nur auf die Angabe des Dateinamens, auch die Bearbeitungsdauer wird mitprotokolliert.

In diesem Kapitel erfahren Sie,

- wie Sie automatische Journaleinträge bestimmen,
- wie Sie Journaleinträge manuell eingeben,
- welche unterschiedlichen Ansichten das Journal bereithält,
- wie Sie Notizen im Journal eingeben,
- und wie Sie Journaleinträge suchen.

Kapitel-Wegweiser

Automatische Journaleinträge für Office-Dokumente festlegen

Das Journal von Outlook 98 ist in der Lage, alle Dokumente der Microsoft-Office-Programme automatisch zu protokollieren. Hierzu müssen Sie lediglich festlegen, welche Elemente automatisch in das Journal übernommen werden sollen.

1 Klicken Sie mit der linken Maustaste in der **Menüleiste** auf den Eintrag

.

2 Danach klicken Sie im geöffneten Extras-Menü auf den Befehl

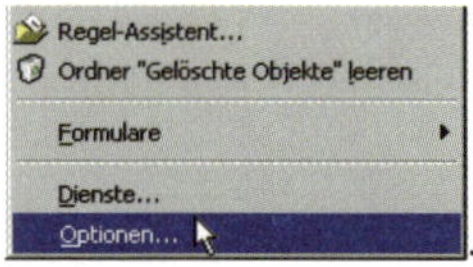

.

3 Einstellungen rund um das Journal nehmen Sie im **Dialogfenster** Journal-Optionen vor.

Klicken Sie mit der linken Maustaste auf die Schaltfläche

.

4 Anschließend aktivieren Sie das **Kontrollkästchen** vor jenen Programmen, aus denen Sie im Journal automatisch Elemente einblenden möchten.

Klicken Sie hierzu mit der linken Maustaste auf das Kontrollkästchen-Feld vor dem entsprechenden Eintrag.

5 Wenn Sie die automatischen Einträge für ein Programm deaktivieren möchten, klicken Sie einfach mit der linken Maustaste auf das aktivierte Kontrollkästchen vor dem entsprechenden Programm.

Das Häkchen verschwindet daraufhin.

! Office-Programme

Die automatische Protokollierung von Office-Dokumenten ist nur möglich, wenn Sie mit den Programmen des Pakets Office 97 beziehungsweise den Einzelprodukten der Office-97-Serie aus dem Hause Microsoft arbeiten. Falls Sie das Office-Paket eines anderen Software-Herstellers verwenden sollten, kann Outlook 98 diese Dokumente leider nicht automatisch protokollieren.

6 Bestätigen Sie die Einstellungen im Dialogfenster **Journal-Optionen** mit einem Klick auf die Schaltfläche

.

7 Auch das Dialogfenster **Optionen** verlassen Sie mit einem Klick auf die Schaltfläche

.

Einträge manuell vermerken

Aktivitäten mit Programmen aus dem MS-Office-97-Paket protokolliert Outlook 98 selbständig. Wenn Sie allerdings andere Aktionen im Journal vermerken wollen, müssen Sie diese von Hand eintragen.

1 Wechseln Sie gegebenenfalls in den Bereich

.

2 Klicken Sie in der **Symbolleiste** mit der linken Maustaste auf das Symbol

.

3 Im nachfolgenden Dialogfenster **Journaleintrag** geben Sie den Betreff des Journaleintrags ein, der als Überschrift im Journal erscheinen soll.

4 Danach legen Sie fest, wie der Eintrag aufgenommen werden soll. Zunächst ist der Eintragstyp „Telefonanruf" vorgegeben. Sie können dies jedoch auf einfache Weise ändern. Klicken Sie mit der linken Maustaste auf den Abwärtspfeil.

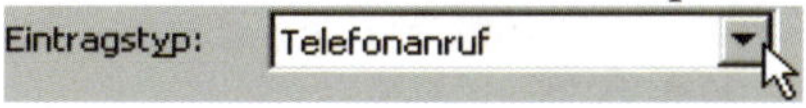

5 In der Liste der Eintragstypen klicken Sie jetzt auf den gewünschten Eintragstyp. Über die **Bildlaufleiste** am rechten Rand der Liste können Sie auch jene Einträge darstellen, die ober- beziehungsweise unterhalb des dargestellten Bereichs liegen.

! Eintragstypen

Folgende Eintragstypen stehen im Journal zur Verfügung:

- Antwort auf Aufgabenanfragen
- Antwort auf Besprechungsanfrage
- Aufgabe, Aufgabenanfrage
- Besprechung, Besprechungsabsage, Besprechungsanfrage
- Brief
- Dokument
- E-Mail-Nachricht
- Fax
- Microsoft Access
- Microsoft Excel
- Microsoft Office Sammelmappe
- Microsoft Word
- Microsoft PowerPoint
- Notiz
- Remote-Sitzung
- Telefonanruf
- Unterhaltung

6 Das aktuelle Datum und die aktuelle Uhrzeit sind bereits zu Beginn des Journaleintrags vorgegeben. Sofern Sie hier Änderungen vornehmen möchten, klicken Sie mit der linken Maustaste in das gewünschte Feld und tragen dort das neue Datum beziehungsweise die neue Anfangszeit ein.

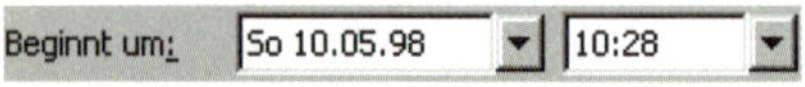

7 Damit Sie die Dauer der Aktivität mitprotokollieren können, klicken Sie auf die Schaltfläche

.

Daraufhin setzen sich die Zeiger der Uhr rechts von der Schaltfläche in Bewegung und symbolisieren damit die Zeitmessung.

8 Die bisher gemessene Zeit wird stets im Feld

dargestellt.

Automatisch wird die Zeitmessung beendet, wenn Sie den Journaleintrag schließen. Sie können die Zeitmessung aber auch schon vorher beenden. Klicken Sie hierzu einfach auf die Schaltfläche

.

9 Damit der Eintrag im Journal aufgenommen wird, klicken Sie mit der linken Maustaste in der Symbolleiste des Dialogfensters Journaleintrag auf die Schaltfläche

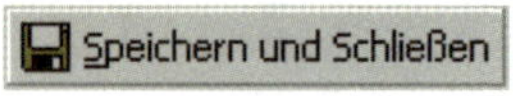

.

Journal darstellen

Die von Outlook 98 im Journal erfaßten Aktivitäten können Sie in verschiedenen Ansichten darstellen. Ihnen stehen hierzu sechs vordefinierte Ansichten zur Verfügung.

1 Wechseln Sie gegebenenfalls in den Bereich

.

2 Zunächst wird das Journal unterteilt nach Eintragstypen dargestellt.

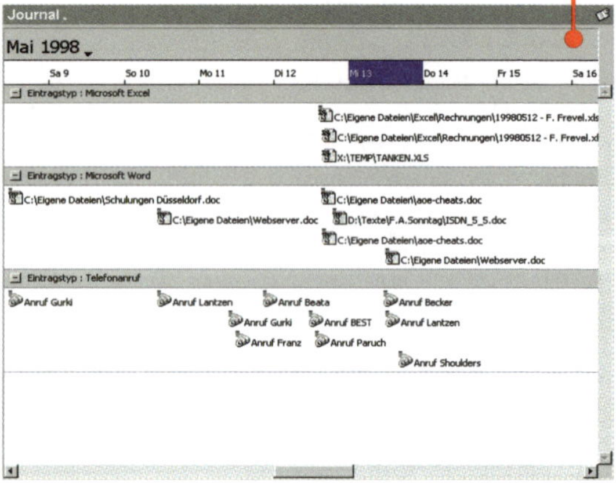

3 Um die Darstellung zu ändern, klicken Sie mit der linken Maustaste in der Menüleiste auf den Eintrag

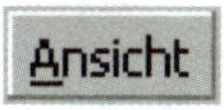

.

4 Danach klicken Sie im geöffneten  -Menü auf den Befehl

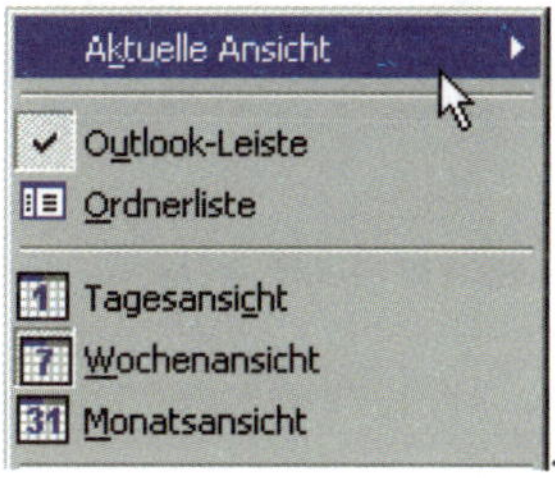

.

5 In der nun aufklappenden Liste können Sie per linkem Mausklick auf die verschiedenen Ansichten zugreifen:

- Die Darstellung

stellt alle Einträge chronologisch sortiert in einer Zeitleiste über einen Tag, eine Woche oder einen Monat dar. Zur Unterscheidung der verschiedenen Typen von Journaleinträgen sind diese zusätzlich nach Eintragstypen gruppiert.

- Wenn Sie die verschiedenen Journaleinträge den einzelnen Kontakten zuweisen wollen, wechseln Sie in die Ansicht

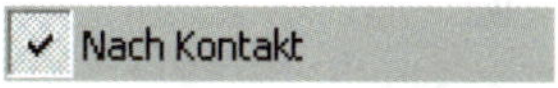

Genau wie in der Ansicht „Nach Typ“ werden die Journaleinträge auch hier chronologisch geordnet auf einer täglichen, wöchentlichen oder monatlichen Zeitskala eingeblendet.

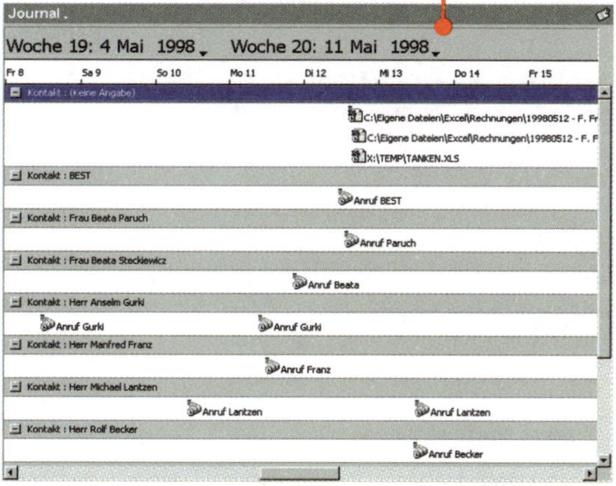

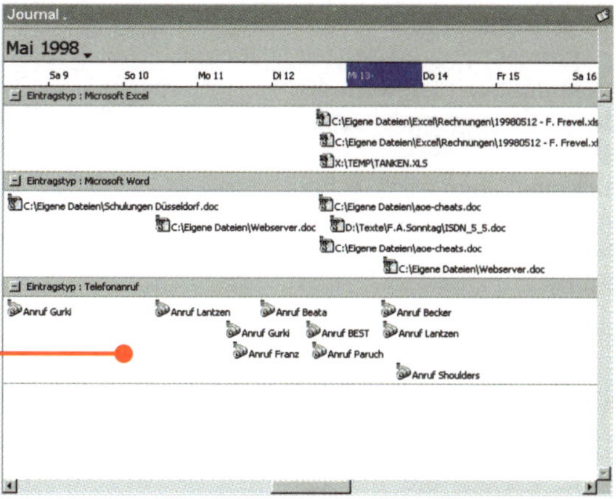

Journal darstellen

Natürlich besteht auch die Möglichkeit, den Journaleinträgen verschiedene Kategorien zuzuweisen. Hierzu aktivieren Sie die Ansicht

✓ Nach Kategorie

Wie in den beiden Ansichten „Nach Typ“ und „Nach Kontakt“ werden die Einträge wieder chronologisch dargestellt.

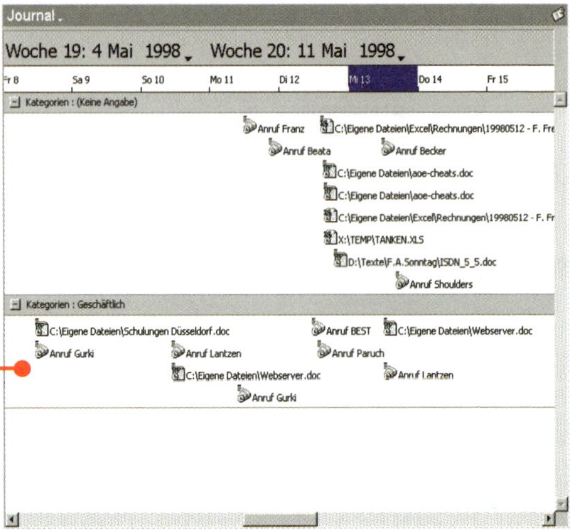

Einen Überblick über sämtliche Journaleinträge erhalten Sie in der Ansicht

✓ Eintragsliste

Hier werden alle Journaleinträge mit den wichtigsten Informationen übersichtlich aufgeführt.

Journal

Eintragstyp	Betreff	Beginn	Dauer	Kontakt	Kategorien
Microsoft Word	C:\Eigene Dateien\Webserver.doc	So 17.05.98 10...	8 Minuten	Stefan Willeke	
Telefonanruf	Anruf Shoulders	Mi 13.05.98 16:13	19 Minuten	P.J. Shoulders	
Telefonanruf	Anruf Lantzen	Mi 13.05.98 11:57	12 Minuten	Herr Michael La...	Geschäftlich
Microsoft Word	C:\Eigene Dateien\Webserver.doc	Mi 13.05.98 11:57	19 Minuten	Stefan Willeke	Geschäftlich
Telefonanruf	Anruf Becker	Mi 13.05.98 11:23	23 Minuten	Herr Rolf Becker	
Microsoft Word	D:\Texte\F.A.Sonntag\ISDN_5_5.doc	Di 12.05.98 19:00	3 Minuten	Stefan Willeke	
Microsoft Excel	X:\TEMP\TANKEN.XLS	Di 12.05.98 15:32	0 Stunden		
Microsoft Excel	C:\Eigene Dateien\Excel\Rechnung...	Di 12.05.98 15:31	0 Stunden		
Microsoft Word	C:\Eigene Dateien\aoe-cheats.doc	Di 12.05.98 15:30	1 Minute	Stefan Willeke	
Microsoft Word	C:\Eigene Dateien\aoe-cheats.doc	Di 12.05.98 15:13	17 Minuten	Stefan Willeke	
Microsoft Excel	C:\Eigene Dateien\Excel\Rechnung...	Di 12.05.98 14:18	6 Minuten		
Telefonanruf	Anruf Paruch	Di 12.05.98 13:20	26 Minuten	Frau Beata Paruch	Geschäftlich
Telefonanruf	Anruf BEST	Di 12.05.98 11:15	5 Minuten	BEST	Geschäftlich
Telefonanruf	Anruf Beata	Mo 11.05.98 20...	27 Minuten	Frau Beata Stec...	
Telefonanruf	Anruf Franz	Mo 11.05.98 11...	43 Minuten	Herr Manfred Fr...	
Telefonanruf	Anruf Gurki	Mo 11.05.98 09...	12 Minuten	Herr Anselm Gurki	Geschäftlich
Microsoft Word	C:\Eigene Dateien\Webserver.doc	So 10.05.98 10...	8 Minuten	Stefan Willeke	Geschäftlich
Telefonanruf	Anruf Lantzen	So 10.05.98 10...	9 Minuten	Herr Michael La...	Geschäftlich
Telefonanruf	Anruf Gurki	Fr 08.05.98 11:16	21 Minuten	Herr Anselm Gurki	Geschäftlich
Microsoft Word	C:\Eigene Dateien\Schulungen Düs...	Fr 08.05.98 11:16	21 Minuten	Stefan Willeke	Geschäftlich
Microsoft Excel	H:\TEMP\KFZ_KST.XLS	Do 16.04.98 19...	0 Stunden		
Microsoft Excel	X:\TEMP\TANKEN.XLS	Do 16.04.98 19...	0 Stunden		
Microsoft Excel	C:\Programme\Money 98\Mappe1.xls	Di 16.12.97 08:51	0 Stunden		
Microsoft Excel	C:\Programme\Money 98\Mappe1.xls	Di 16.12.97 08:48	2 Minuten		

Außerdem ist es möglich, sich in der Listendarstellung

✓ Letzte sieben Tage

lediglich die Journaleinträge der letzten sieben Tage anzeigen zu lassen.

Schließlich können Sie die Darstellung auf alle Telefonanrufe beschränken.

✓ Telefonanrufe

Wie auch in den Ansichten „Eintragsliste“ und „Letzte sieben Tage“ werden hierbei alle relevanten Daten in Tabellenform dargestellt.

Symbole im Journal

Die verschiedenen Journaleinträge werden durch Symbole gekennzeichnet:

- Termin
- Terminanfrage, Terminzusage/-absage, Besprechung, Besprechungsanfrage, Besprechungszusage/-absage
- Gespräch
- Dokument
- E-Mail-Nachricht
- Brief
- Microsoft Access-**Datenbank**
- Microsoft Excel-Arbeitsmappe
- Microsoft Office-Sammelmappe
- Microsoft PowerPoint-Präsentation
- Microsoft Word-Dokument
- Notiz
- Telefonanruf
- Aufgabe
- Aufgabenanfrage, Aufgabenzusage/-absage

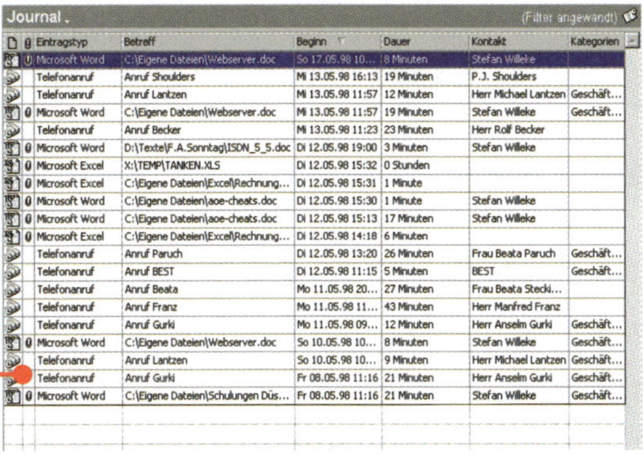

Journal . (Filter angewandt)

Eintragstyp	Betreff	Beginn	Dauer	Kontakt	Kategorien
Microsoft Word	C:\Eigene Dateien\Webserver.doc	So 17.05.98 10...	8 Minuten	Stefan Willeke	
Telefonanruf	Anruf Shoulders	Mi 13.05.98 16:13	19 Minuten	P.J. Shoulders	
Telefonanruf	Anruf Lantzen	Mi 13.05.98 11:57	12 Minuten	Herr Michael Lantzen	Geschäft...
Microsoft Word	C:\Eigene Dateien\Webserver.doc	Mi 13.05.98 11:57	19 Minuten	Stefan Willeke	Geschäft...
Telefonanruf	Anruf Becker	Mi 13.05.98 11:23	23 Minuten	Herr Rolf Becker	
Microsoft Word	D:\Texte\F.A.Sonntag\ISDN_5_5.doc	Di 12.05.98 19:00	3 Minuten	Stefan Willeke	
Microsoft Excel	X:\TEMP\TANKEN.XLS	Di 12.05.98 15:32	0 Stunden		
Microsoft Excel	C:\Eigene Dateien\Excel\Rechnung...	Di 12.05.98 15:31	1 Minute		
Microsoft Word	C:\Eigene Dateien\aoe-cheats.doc	Di 12.05.98 15:30	1 Minute	Stefan Willeke	
Microsoft Word	C:\Eigene Dateien\aoe-cheats.doc	Di 12.05.98 15:13	17 Minuten	Stefan Willeke	
Microsoft Excel	C:\Eigene Dateien\Excel\Rechnung...	Di 12.05.98 14:18	6 Minuten		
Telefonanruf	Anruf Paruch	Di 12.05.98 13:20	26 Minuten	Frau Beata Paruch	Geschäft...
Telefonanruf	Anruf BEST	Di 12.05.98 11:15	5 Minuten	BEST	Geschäft...
Telefonanruf	Anruf Beata	Mo 11.05.98 20...	27 Minuten	Frau Beata Stecki...	
Telefonanruf	Anruf Franz	Mo 11.05.98 11...	43 Minuten	Herr Manfred Franz	
Telefonanruf	Anruf Gurki	Mo 11.05.98 09...	12 Minuten	Herr Anselm Gurki	Geschäft...
Microsoft Word	C:\Eigene Dateien\Webserver.doc	So 10.05.98 10...	8 Minuten	Stefan Willeke	Geschäft...
Telefonanruf	Anruf Lantzen	So 10.05.98 10...	9 Minuten	Herr Michael Lantzen	Geschäft...
Telefonanruf	Anruf Gurki	Fr 08.05.98 11:16	21 Minuten	Herr Anselm Gurki	Geschäft...
Microsoft Word	C:\Eigene Dateien\Schulungen Düs...	Fr 08.05.98 11:16	21 Minuten	Stefan Willeke	Geschäft...

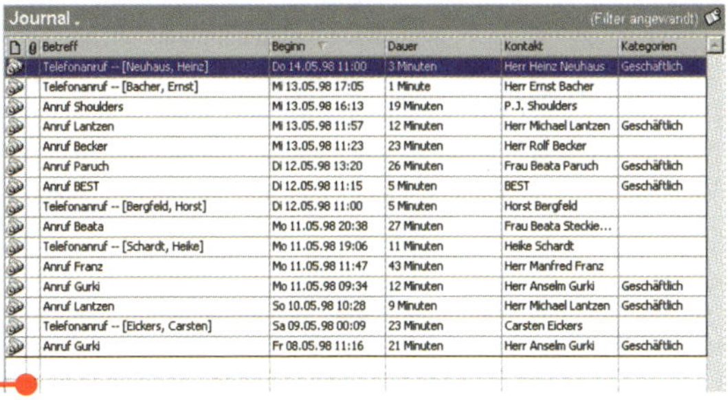

Journal . (Filter angewandt)

Betreff	Beginn	Dauer	Kontakt	Kategorien
Telefonanruf -- [Neuhaus, Heinz]	Do 14.05.98 11:00	3 Minuten	Herr Heinz Neuhaus	Geschäftlich
Telefonanruf -- [Bacher, Ernst]	Mi 13.05.98 17:05	1 Minute	Herr Ernst Bacher	
Anruf Shoulders	Mi 13.05.98 16:13	19 Minuten	P.J. Shoulders	
Anruf Lantzen	Mi 13.05.98 11:57	12 Minuten	Herr Michael Lantzen	Geschäftlich
Anruf Becker	Mi 13.05.98 11:23	23 Minuten	Herr Rolf Becker	
Anruf Paruch	Di 12.05.98 13:20	26 Minuten	Frau Beata Paruch	Geschäftlich
Anruf BEST	Di 12.05.98 11:15	5 Minuten	BEST	Geschäftlich
Telefonanruf -- [Bergfeld, Horst]	Di 12.05.98 11:00	5 Minuten	Horst Bergfeld	
Anruf Beata	Mo 11.05.98 20:38	27 Minuten	Frau Beata Steckie...	
Telefonanruf -- [Schardt, Heike]	Mo 11.05.98 19:06	11 Minuten	Heike Schardt	
Anruf Franz	Mo 11.05.98 11:47	43 Minuten	Herr Manfred Franz	
Anruf Gurki	Mo 11.05.98 09:34	12 Minuten	Herr Anselm Gurki	Geschäftlich
Anruf Lantzen	So 10.05.98 10:28	9 Minuten	Herr Michael Lantzen	Geschäftlich
Telefonanruf -- [Eickers, Carsten]	Sa 09.05.98 00:09	23 Minuten	Carsten Eickers	
Anruf Gurki	Fr 08.05.98 11:16	21 Minuten	Herr Anselm Gurki	Geschäftlich

Chronologische Journaldarstellungen ändern

In den Ansichten „Nach Typ“, „Nach Kontakt“ und „Nach Kategorie“ werden die einzelnen Journaleinträge chronologisch sortiert. Je nach Bedarf können Sie jedoch auch bestimmte Zeiträume auswählen, für die die Einträge dargestellt werden sollen.

1 Wechseln Sie gegebenenfalls in die Darstellung

.

2 In der Symbolleiste können Sie nun zwischen den drei Darstellungen „Tagesansicht“, „Wochenansicht“ und „Monatsansicht“ wechseln.

- In die „Tagesansicht“ gelangen Sie per linkem Mausklick auf die Schaltfläche **Tagesansicht**.

Je nach gewählter Auflösung können Sie in der Tagesansicht einige Stunden des Tages einsehen. Diese Darstellung ist vor allem dann empfehlenswert, wenn Sie den exakten Zeitpunkt eines Eintrags benötigen oder aber sehr viele Einträge im Journal vorhanden sind.

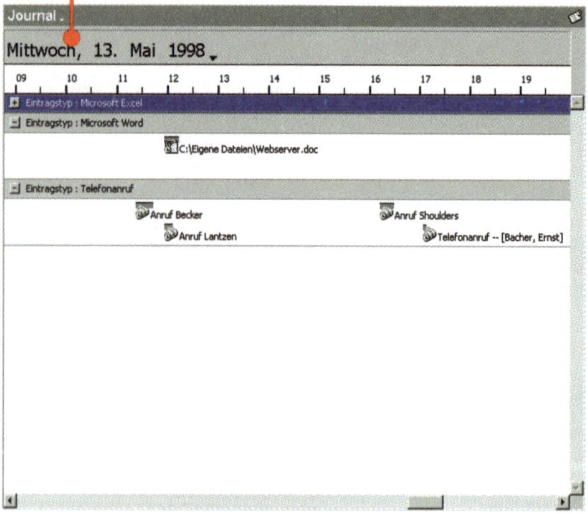

- Mit einem Klick auf die Schaltfläche **Wochenansicht** gelangen Sie in die gleichnamige Ansicht.

Die Zeitleiste am oberen Rand ist nun in Tage aufgeteilt. Durch Abschätzen der Position innerhalb des Tages läßt sich auch die Tageszeit der einzelnen Einträge, zumindest annähernd, ermitteln.

- Per linkem Mausklick auf die Schaltfläche **Monatsansicht** erreichen Sie die Monatsansicht. Während Sie in der Tages- und Wochenansicht die meisten Einträge noch ablesen können, ist dies in der „Monatsansicht“ nahezu unmöglich. Hier erhalten Sie vielmehr einen grundsätzlichen Überblick über die Aktivitäten innerhalb eines größeren Zeitraums.

3 Den Wechsel zu einem anderen Zeitraum vollziehen Sie über die Bildlaufleiste am unteren Fensterrand.

Klicken Sie mit der linken Maustaste auf das Bildlauffeld, und verschieben Sie dieses mit gedrückter Maustaste an die gewünschte Position.

4 Für die Darstellung des heutigen Tages brauchen Sie jedoch nicht lange mit der Bildlaufleiste zu hantieren. Ein Klick in der Symbolleiste auf die Schaltfläche

Zu Heute wechseln

bringt den heutigen Tag blitzschnell zum Vorschein.

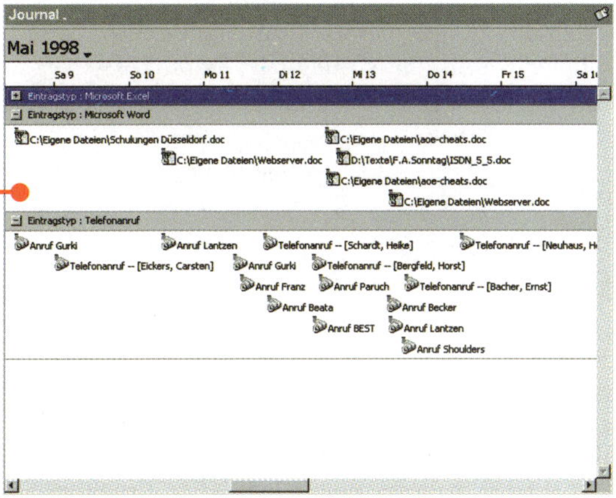

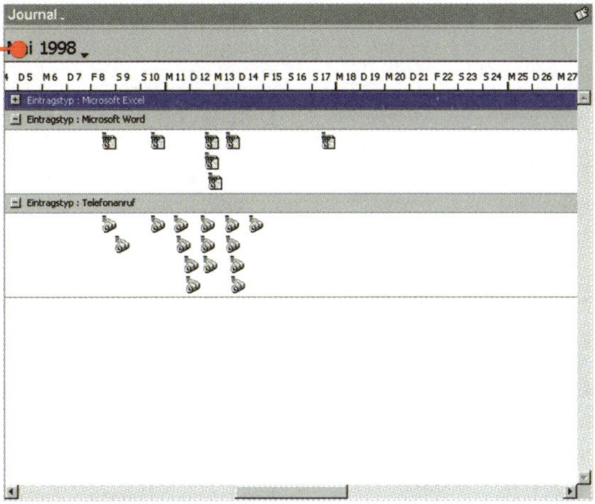

5 Auch wenn Sie einen anderen, bestimmten Tag darstellen möchten, können Sie sich die mühselige Navigation über die Bildlaufleiste ersparen. Das funktioniert allerdings etwas anders als beim Wechsel zum heutigen Tag: Klicken Sie mit der rechten (!) Maustaste in das Journal, und wählen Sie im **Kontextmenü** den Befehl

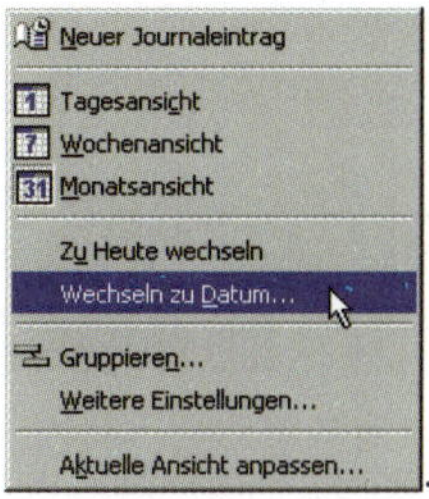

.

Im nun geöffneten Dialogfenster geben Sie das Zieldatum ein

und bestätigen dieses mit einem Klick auf die Schaltfläche

.

6 Falls Sie die vollständige Beschriftung eines Journaleintrags nicht ablesen können, bringt ein kurzer Griff zur Maus die Beschriftung zum Vorschein: Positionieren Sie den Mauszeiger auf dem gewünschten Symbol.

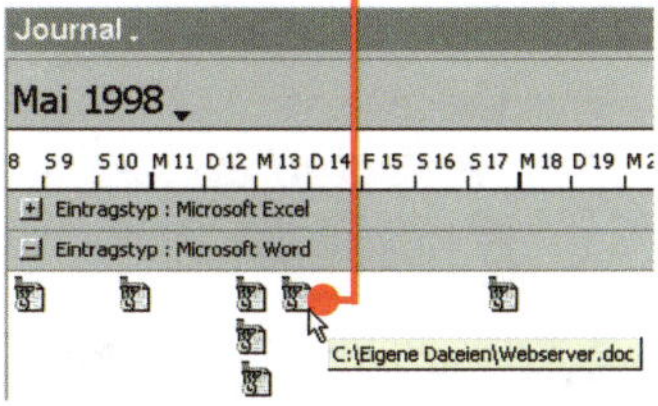

Fast gleichzeitig wird in einem kleinen Fensterchen die Beschriftung des Eintrags dargestellt.

Notizen im Journal eingeben

Während Sie einen Telefonanruf tätigen oder beispielsweise einen Brief schreiben, können Sie Notizen für den aktuellen Journaleintrag eingeben.

1 Bringen Sie gegebenenfalls das Dialogfenster Journaleintrag in den Vordergrund.

Klicken Sie hierzu in der Task-Leiste von Windows auf das Symbol des Journaleintrags.

2 Im unteren Bereich des Journaleintrags steht Ihnen nun reichlich Platz für Bemerkungen zur Verfügung.

Klicken Sie mit der linken Maustaste in den freien Bereich, und tippen Sie Ihre Notizen ein.

3 Nachdem Sie die gewünschten Informationen eingetippt haben, können Sie das Dialogfenster Journaleintrag wieder verlassen.

Klicken Sie hierzu mit der linken Maustaste in der Symbolleiste auf die Schaltfläche

.

! Automatisch erstellte Einträge

Auch in automatisch erstellte Journaleinträge können Sie Notizen und Bemerkungen eingeben. Hier ist dies jedoch nur nachträglich möglich, da der Eintrag erst nach dem Schließen des entsprechenden Dokuments in das Journal aufgenommen wird.

Klicken Sie im Journal mit der linken Maustaste doppelt auf den gewünschten Eintrag

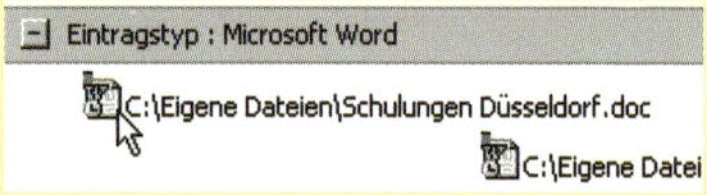

Sobald der Eintrag im Dialogfenster Journaleintrag dargestellt wird, klicken Sie in den Eingabebereich und fügen dort den gewünschten Text ein.

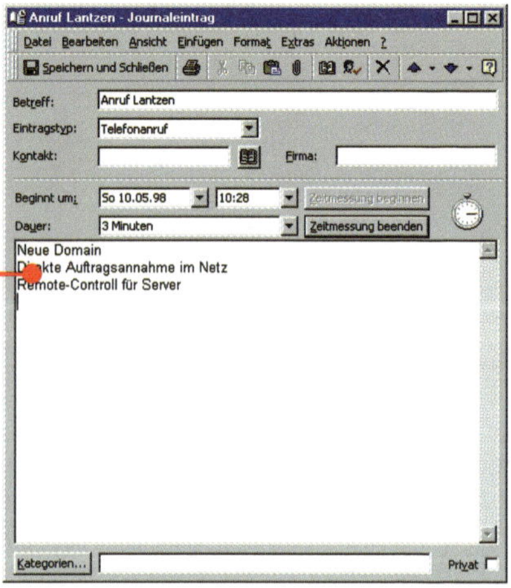

Journaleinträge suchen

Wenn Sie das Journal intensiv nutzen, leidet bisweilen etwas die Übersicht. Falls Sie beispielsweise zu einem späteren Zeitpunkt feststellen möchten, wann Sie mit einer Person telefoniert oder welche Dokumente Sie bearbeitet haben, hilft oftmals nur die Suche nach den betreffenden Einträgen.

1 Wechseln Sie gegebenenfalls in den Bereich 

.

2 Klicken Sie in der Symbolleiste mit der linken Maustaste auf das Symbol 

.

3 Oberhalb der aktuellen Journal-Ansicht öffnet sich jetzt der Suchen-Dialog.

4 Geben Sie den Begriff, zu dem Sie nähere Informationen benötigen, in das Feld

ein.

5 Mit einem Klick auf die Schaltfläche

beginnt Outlook 98, die Journaleinträge nach dem eingegebenen Begriff zu durchsuchen.

6 Das Suchergebnis wird dann tabellarisch unterhalb des Suchen-Dialogfensters dargestellt.

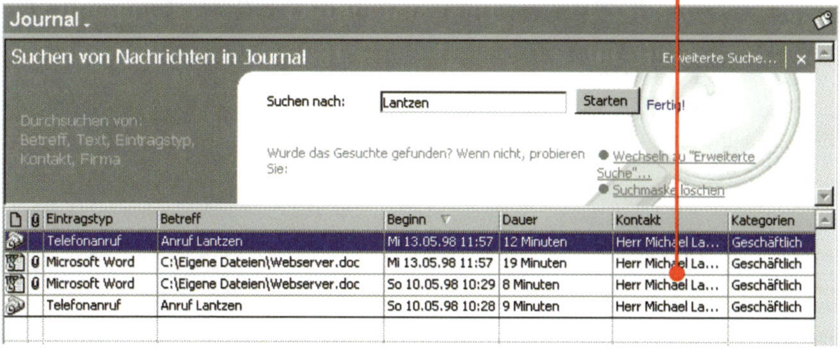

6 Ordnung halten mit digitalen Notizzetteln

Outlook 98 setzt der Zettelwirtschaft ein Ende! Die vielen kleinen Notizzettelchen, die sich im Laufe der Zeit rund um das Monitorgehäuse sammeln, können Sie getrost vergessen. Anstelle der Zettelchen aus Papier können Sie mit Outlook 98 digitale Notizzettel erstellen, die nicht mehr rund um den Monitor haften, sondern statt dessen im Computer selbst liegen.

Wie die Vorbilder aus Papier lassen sich auch die digitalen Notizen jederzeit bearbeiten und bei Bedarf sogar ausdrucken - schließlich kann man den Computer samt Outlook 98 nicht stets mit sich führen.

In diesem Kapitel erfahren Sie,

- wie Sie neue Notizen erfassen,
- wie Sie Notizzetteln andere Farben zuweisen,
- wie Sie Notizen verwalten,
- wie Sie Notizen drucken,
- und wie Sie Notizen wieder löschen.

Kapitel-Wegweiser

Notizen eingeben

Mit einigen wenigen Mausklicks öffnen Sie einen neuen Notizzettel und geben die gewünschten Informationen ein.

1 Wechseln Sie gegebenenfalls in den Bereich 

.

2 Anschließend klicken Sie mit der linken Maustaste in der **Symbolleiste** auf das Symbol .

3 Outlook 98 öffnet nun ein gelbes Notizblatt.

Tippen Sie hier Ihre Notizen ein.

4 Nachdem Sie den gewünschten Text eingegeben haben, können Sie den Notizzettel schließen. Anders als in anderen Bereichen von Outlook 98 müssen Sie Änderungen innerhalb eines Notizzettels nicht erst bestätigen. Sobald Sie den Notizzettel schließen, werden die eingetragenen Informationen gespeichert.

> **! Nur die Übersicht behalten**
>
> Den ersten Absatz der Notiz verwendet Outlook 98 als Überschrift, damit Sie die verschiedenen Notizen später besser voneinander unterscheiden können.

Klicken Sie mit der linken Maustaste auf die Schaltfläche in der oberen rechten Ecke des Notizzettels.

Der Notizzettel wird geschlossen und als Symbol in der Liste der Notizzettel dargestellt. Der erste Absatz innerhalb des Notizzettels fungiert, wie schon erwähnt, als Überschrift.

Farbe der Notizzettel ändern

Unterschiedliche Farben bei Notizzetteln erleichtern die Orientierung. Kein Wunder also, daß auch Outlook 98 diese Funktion zur Verfügung stellt.

1 Öffnen Sie den gewünschten Notizzettel per Doppelklick.

2 Klicken Sie mit der linken Maustaste auf das kleine Notizsymbol in der linken oberen Ecke.

3 Im geöffneten Fenster-Menü klicken Sie nun auf den Befehl

.

4 Wählen Sie die gewünschte Farbe per Mausklick.

Der Notizzettel wird daraufhin in der neuen Farbe eingeblendet.

5 Schließen Sie den Notizzettel mit einem Klick auf die Schaltfläche in der oberen rechten Ecke des Notizzettels.

6 Jetzt sehen Sie auch, daß der Notizzettel in der Liste der Notizzettel in der neuen Farbe angezeigt wird.

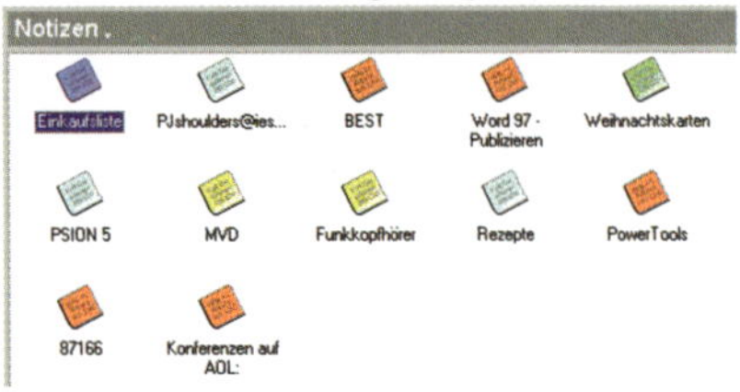

Notizen ansehen und ändern

Wie das Vorbild auf Papier läßt sich selbstverständlich auch das digitale Pendant jederzeit ändern. Mit dem unschätzbaren Vorteil, daß Sie einen veralteten Notizzettel in Outlook 98 nicht mit dem Stift durchstreichen müssen …

1 Wechseln Sie gegebenenfalls in den Notizbereich von Outlook 98.

2 Danach klicken Sie mit der linken Maustaste doppelt auf die Notiz, die Sie bearbeiten möchten.

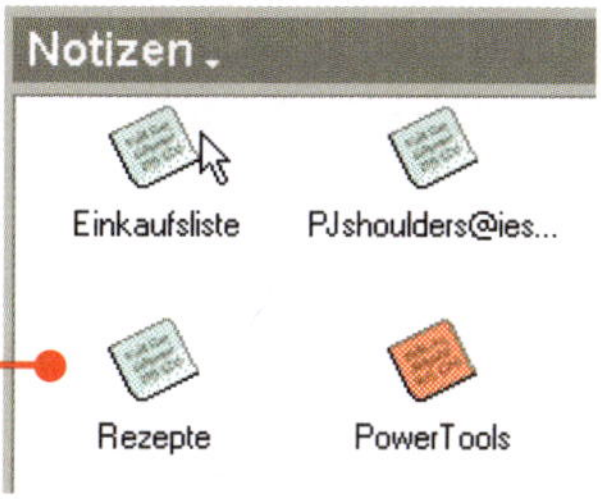

3 Nun wird die Notiz dargestellt, und Sie können den Text korrigieren.

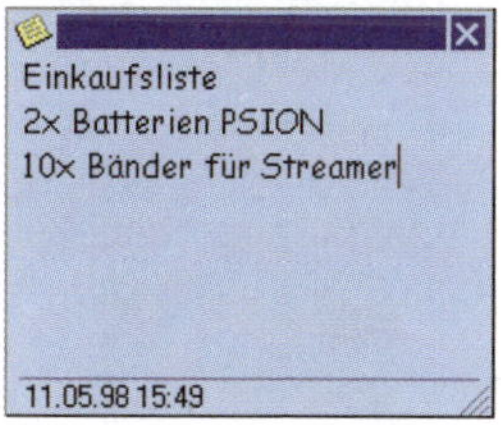

4 Nachdem Sie alle gewünschten Änderungen vorgenommen haben, klicken Sie mit der linken Maustaste auf die Schaltfläche am rechten oberen Fensterrand.

Notizen löschen

Auch die wichtigste Notiz verliert eines Tages ihren Sinn. So wie Sie einen überholten Papierzettel wegwerfen, können Sie sich auch von digitalen Notizen trennen.

1 Wechseln Sie gegebenenfalls in den Bereich .

2 Klicken Sie mit der linken Maustaste auf die Notiz, die Sie entfernen möchten.

Die Notiz wird daraufhin markiert.

3 Mit einem linken Mausklick auf das Symbol  in der Symbolleiste löschen Sie die Notiz. Die zuvor markierte Notiz wird dabei ohne weitere Rückfrage gelöscht.

Notizen suchen

Da war doch noch …? Irgendwo hatte ich mir doch aufgeschrieben …? Damit wichtige Notizen nicht unauffindbar im digitalen Dickicht verschwinden, können Sie Ihre Notizen mit Outlook 98 durchsuchen.

1 Wechseln Sie gegebenenfalls in den Bereich .

2 Klicken Sie in der Symbolleiste mit der linken Maustaste auf das Symbol 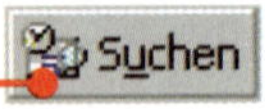.

3 Oberhalb der Notizen wird nun der Suchen-Dialog eingeblendet.

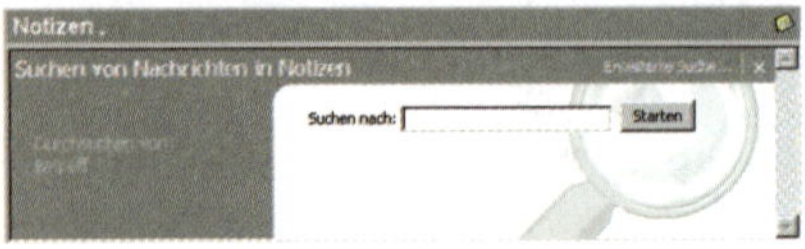

4 Tragen Sie in das **Eingabefeld** den gesuchten Text ein

und klicken Sie auf die Schaltfläche

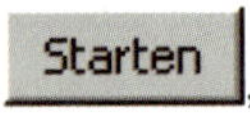,

damit das Programm mit der Suche beginnt.

5 Die Notizen, die den gesuchten Begriff enthalten, werden daraufhin in der Liste dargestellt, und lassen sich per Doppelklick mit der linken Maustaste öffnen.

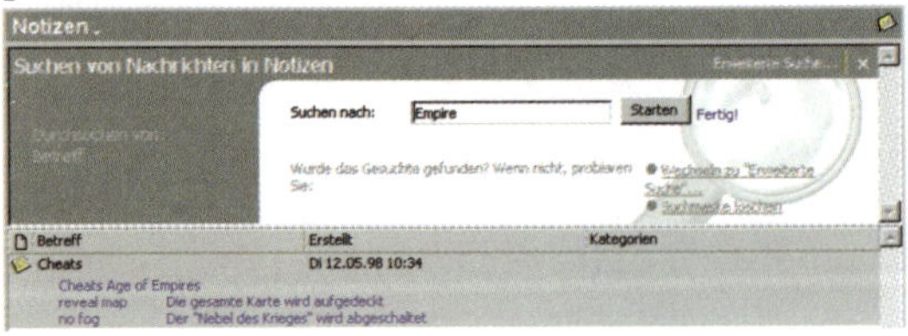

Notizen drucken

Auf Reisen oder bei auswärtigen Terminen läßt sich nicht immer auf die Papierausgabe von Notizen verzichten. Diese Option steht Ihnen auch in Outlook 98 zur Verfügung.

1 Wechseln Sie gegebenenfalls in den Bereich .

2 Markieren Sie die Notiz, die Sie ausdrucken möchten. Klicken Sie sie hierzu einmal mit der linken Maustaste an.

3 Danach klicken Sie mit der linken Maustaste in der Symbolleiste auf das Symbol .

4 Bestätigen Sie die Einstellungen im **Dialogfenster** Drucken mit einem Klick auf die Schaltfläche

.

Damit wird der Druckvorgang gestartet.

> **! Mehrere Notizen drucken**
>
> Wenn Sie mehrere Notizen drucken möchten, müssen Sie hierzu alle gewünschten Notizen markieren. Klicken Sie die erste Notiz mit der linken Maustaste an und jede weitere Notiz bei heruntergedrückter Strg-Taste ebenfalls mit der linken Maustaste.

7 Elektronische Korrespondenz erledigen

Outlook 98 macht Ihnen den Umgang mit E-Mails leicht. Mit wenigen Mausklicks verfassen Sie neue Nachrichten und schicken diese ab. Der Empfang von E-Mails gestaltet sich ebenso einfach, und mit Hilfe des Regel-Assistenten können Sie die eintreffenden E-Mails vorsortieren. Hierzu lassen sich neue Ablagen beziehungsweise Ordner anlegen, in die der Regel-Assistent die eingetroffenen Nachricht verschiebt. Dies ist vor allem dann praktisch, wenn Sie täglich eine Vielzahl von E-Mails erhalten und in sogenannten Mailinglisten eingetragen sind. Aber auch ohne den Regel-Assistenten können Sie von den **Ordnern** Gebrauch machen und Ihre E-Mails nach Themen oder Absendern sortieren.

In diesem Kapitel erfahren Sie,

- wie Sie neue E-Mails verfassen,
- wie Sie E-Mails verschicken und empfangen,
- wie Sie E-Mails ausdrucken,
- wie Sie Ihre E-Mails mit Ordnern strukturiert ablegen,
- und wie Sie den Regel-Assistenten einsetzen.

Kapitel-Wegweiser

E-Mails verfassen

Neue E-Mails können Sie mit Outlook 98 binnen weniger Augenblicke verfassen. Sie benötigen hierzu lediglich die **E-Mail-Adresse** des Empfängers, und schon können Sie beginnen.

1 Dreh- und Angelpunkt für E-Mails ist der Bereich

, in den Sie per Mausklick wechseln.

> **! Ungelesene Nachrichten**
>
> Unterhalb des **Symbols** für den Posteingang kann hinter der Beschriftung eine Zahl erscheinen. Diese steht für die Anzahl der ungelesenen E-Mails im Posteingang.

2 Um eine neue E-Mail zu verfassen, klicken Sie in der **Symbolleiste** mit der linken Maustaste auf das Symbol

.

3 Im sich nun öffnenden **Dialogfenster** Nachricht tippen Sie Ihre neue E-Mail-Nachricht ein.

Tragen Sie zunächst die E-Mail-Adresse des Empfängers in das Feld

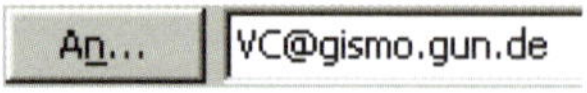

ein.

4 Wenn Sie die Nachricht als Kopie an eine weitere Person verschicken wollen, können Sie den Empfänger in das Feld

eintragen.

5 Geben Sie als nächstes den Betreff der E-Mail-Nachricht ein.

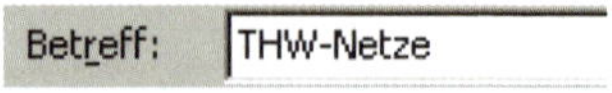

6 Jetzt können Sie mit der Eingabe der eigentlichen Nachricht beginnen. Klicken Sie hierzu in den freien Bereich unter dem Feld „Betreff", und tippen Sie den gewünschten Text ein.

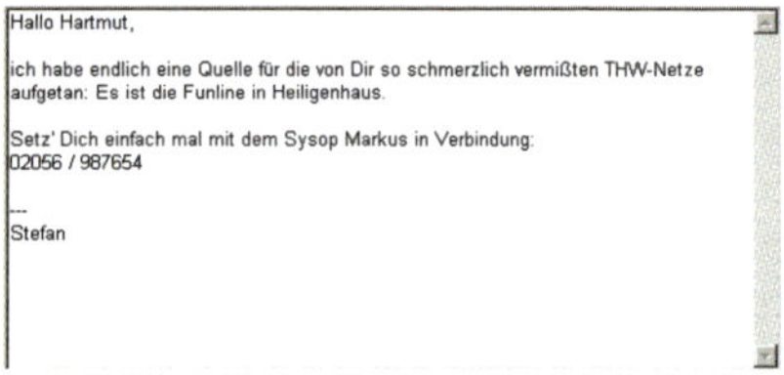

8 Nachdem Sie den Text für die E-Mail-Nachricht eingegeben haben, klicken Sie auf die Schaltfläche

.

Die E-Mail wird daraufhin in den Postausgang gelegt und kann bei der nächsten Verbindung mit Ihrem **Online-Dienst** versendet werden.

Dateien per E-Mail versenden

Zusammen mit einer E-Mail können Sie auch Dateien verschicken. Diese werden in Outlook 98 einfach an die E-Mail-Nachricht angehängt.

1 Wechseln Sie gegebenenfalls in den Bereich 

.

2 Klicken Sie in der Symbolleiste mit der linken Maustaste auf das Symbol .

3 Nun tragen Sie den Empfänger der Nachricht ein.

4 Damit der Empfänger zumindest einen groben Überblick über die Nachricht erhält, geben Sie einen Betreff mit Informationscharakter ein.

5 In das Feld unterhalb des Betreffs können Sie einen begleitenden Text eintippen.

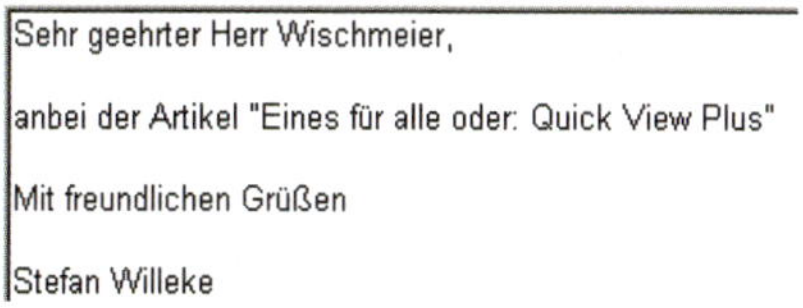

6 Anschließend klicken Sie in der Symbolleiste des Dialogfensters **Nachricht** mit der linken Maustaste auf die Schaltfläche .

7 Im Dialogfenster **Datei einfügen** wählen Sie jetzt die Datei aus, die Sie zusammen mit der E-Mail verschicken möchten.

Zunächst wird der Inhalt des Ordners Eigene Dateien dargestellt.

8 Navigieren Sie in den Ordner, der die gewünschte Datei enthält. Klicken Sie hierzu mit der linken Maustaste auf den Abwärtspfeil

und in der nun dargestellten Liste auf das Quellaufwerk.

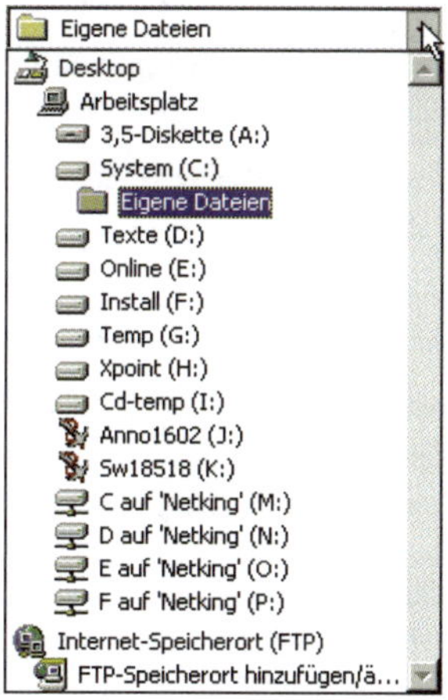

Sobald Sie mit der linken Maustaste auf das gewünschte Laufwerk klicken, werden die Ordner und Dateien in diesem Laufwerk angezeigt.

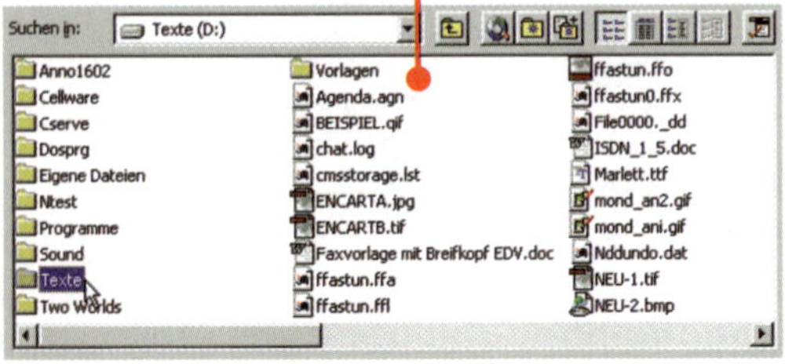

Klicken Sie doppelt auf einen Ordner, damit auch dessen Inhalt dargestellt wird.

9 Auf diese Weise arbeiten Sie sich bis zu dem Ordner vor, der die zu verschickende Datei enthält, und markieren diese mit einem Mausklick.

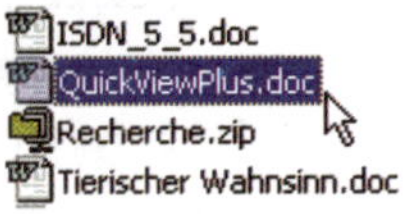

10 Mit einem Klick auf die Schaltfläche

wird die Datei an die E-Mail angehängt.

11 Im Dialogfenster Nachricht ist die angehängte Datei nun hinter der letzen Position der Einfügemarke innerhalb des E-Mail-Textes zu sehen.

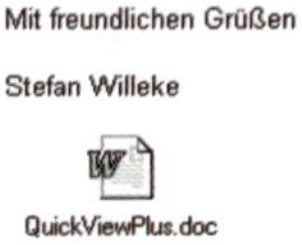

12 Anschließend klicken Sie in der Symbolleiste des Dialogfensters Nachricht mit der linken Maustaste auf die Schaltfläche

.

Jetzt steht die E-Mail im Postausgang zum Versand bereit.

Signatur für E-Mails erstellen

In der **DFÜ** gehört es zum guten Ton, am Ende einer E-Mail eine Signatur anzuhängen. Diese entspricht in etwa dem „Mit freundlichen Grüßen" in der papiernen Konversation, ist jedoch zumeist lockerer gehalten.

1 Klicken Sie in der **Menüleiste** von Outlook 98 auf den Eintrag

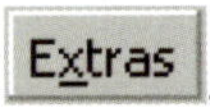

.

2 Im geöffneten Extras-Menü wählen Sie den Befehl

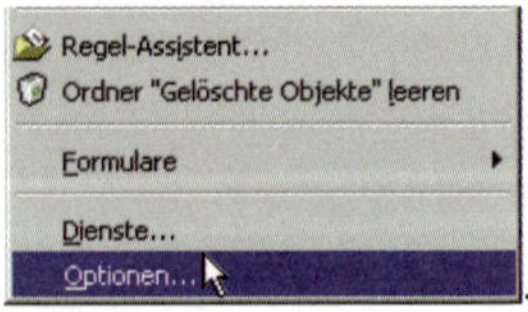

.

3 Klicken Sie im Dialogfenster Optionen auf die Registerzunge

.

4 Danach klicken Sie im Register E-Mail-Format auf die Schaltfläche Signaturauswahl... .

5 Um jetzt eine neue Signatur zu erstellen, klicken Sie im Dialogfenster Signaturauswahl auf die Schaltfläche Neu... .

6 Geben Sie im Dialogfenster Signatur neu erstellen zunächst eine Bezeichnung für die Signatur ein.

7 Dann klicken Sie mit der linken Maustaste auf die Schaltfläche Weiter > .

8 Im nachfolgenden Dialogfenster tippen Sie den Text für die neue Signatur ein.

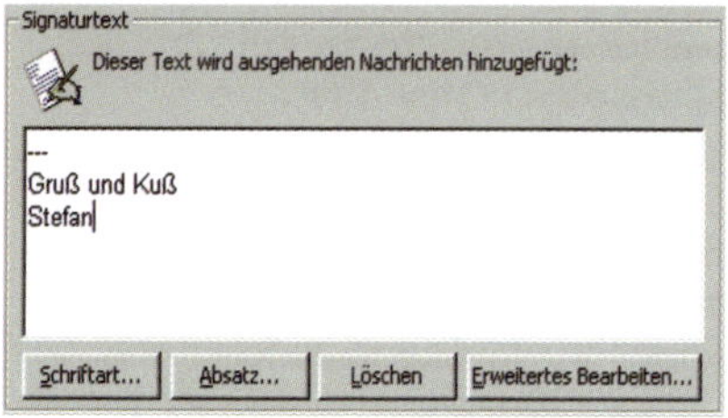

9 Sie können die Signatur ganz nach Wunsch gestalten, indem Sie beispielsweise Schriftart, -größe oder -farbe ändern.

Markieren Sie hierzu den Text, den Sie ändern möchten.

Klicken Sie nun mit der linken Maustaste auf die Schaltfläche Schriftart... .

Im sich öffnenden Dialogfenster

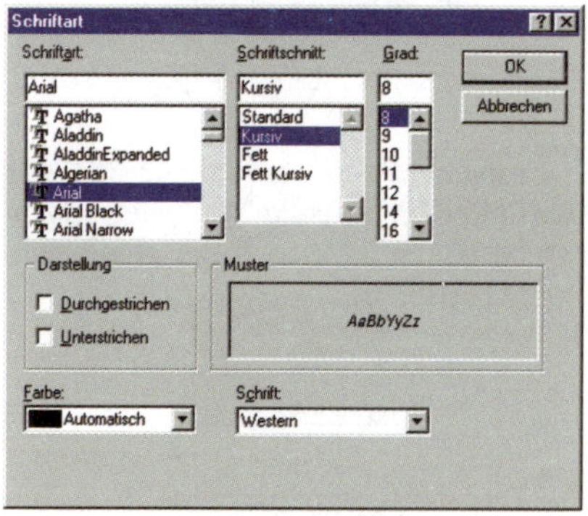

wählen Sie die gewünschten Einstellungen und bestätigen diese mit OK .

10 Beenden Sie die Bearbeitung der Signatur mit einem Klick auf die Schaltfläche Fertig stellen .

11 Danach verlassen Sie die Dialogfenster Signaturauswahl und Optionen jeweils mit einem Klick auf OK .

Signatur in E-Mails einfügen

Nachdem Sie eine Signatur eingegeben haben, können Sie diese in Ihren E-Mail-Nachrichten verwenden. Das war schließlich der Zweck der Übung.

1 Klicken Sie in der Symbolleiste des Dialogfensters Nachricht mit der linken Maustaste auf das Symbol

.

2 Anschließend klicken Sie mit der linken Maustaste auf die Schaltfläche mit dem Namen der gewünschten Signatur.

3 Die neue Signatur wird daraufhin automatisch hinter der entsprechenden Position in die E-Mail-Nachricht gesetzt.

Signatur automatisch einfügen

Damit Sie nicht versehentlich vergessen, die Signatur manuell in Ihre E-Mails einzubinden, können Sie Outlook 98 so konfigurieren, daß automatisch mit jeder neuen E-Mail auch Ihre Signatur eingeblendet wird.

1 Klicken Sie in der Menüleiste von Outlook 98 auf den Eintrag

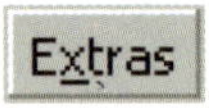

.

2 Wählen Sie im geöffneten Extras-Menü den Befehl

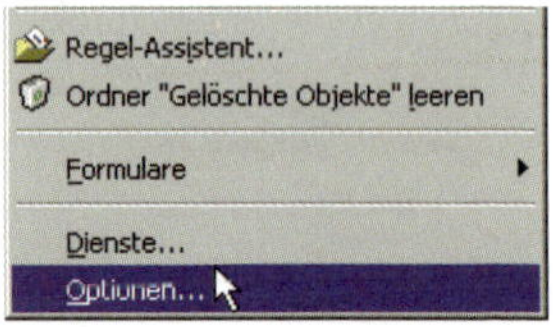

3 Im Dialogfenster Optionen klicken Sie auf die Registerzunge

.

4 Im unteren Bereich der **Registerkarte** E-Mail-Format können Sie nun eine bereits bestehende Signatur zur Standardsignatur bestimmen.

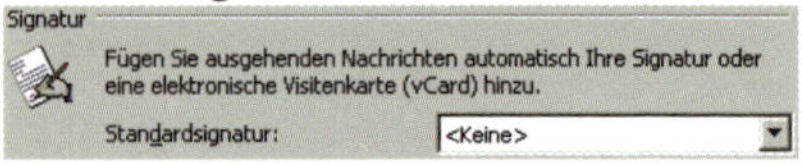

Klicken Sie hierzu mit der linken Maustaste auf den Abwärtspfeil

und in der geöffneten Liste auf die Signatur, die ab sofort automatisch am Ende Ihrer E-Mails auftauchen soll.

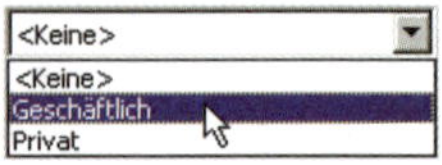

5 Bestätigen Sie die Einstellungen in der Registerkarte E-Mail-Format des

Dialogfensters **Optionen** mit einem Klick auf die Schaltfläche

OK.

6 Wenn Sie das nächste Mal eine neue E-Mail verfassen, ist die ausgewählte Standardsignatur bereits im Textfeld eingetragen.

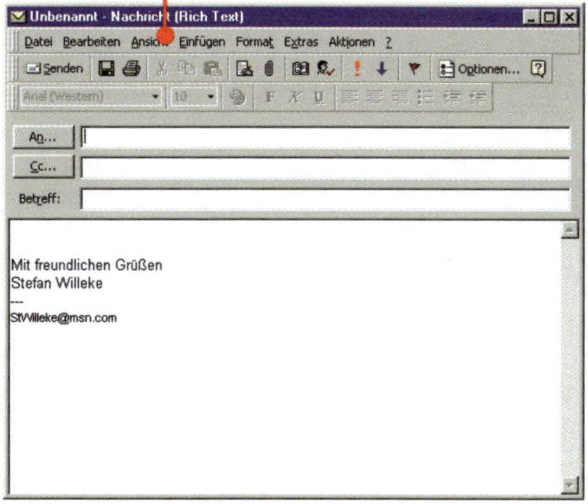

E-Mails übermitteln

Wenn Sie eine neue E-Mail geschrieben und den Befehl „Senden“ ausgeführt haben, wird die neue E-Mail allerdings noch nicht wirklich verschickt. Sie wird lediglich im Postausgang abgelegt. Damit die Nachrichten im Postausgang tatsächlich versendet und neue Nachrichten auf Ihren Rechner übermittelt werden können, müssen Sie wie folgt vorgehen.

1 Wechseln Sie gegebenenfalls in den

.

2 Klicken Sie mit der linken Maustaste in der Menüleiste auf den Eintrag

Extras.

3 Wählen Sie im geöffneten Extras-Menü den Befehl

4 Im nun aufklappenden Menü können Sie je nach installierten Online-Diensten auf mehrere Online-Dienste zugreifen.

Wenn Sie nur die E-Mails zu und von einem Online-Dienst übertragen möchten, klicken Sie diesen an.

5 Damit Sie alle bereitstehenden E-Mails sämtlicher Online-Dienste abholen können, klicken Sie auf den Befehl

Alle Konten.

Daraufhin wählt das Programm nacheinander alle eingerichteten Online-

Dienste an. Hierbei werden sämtliche E-Mails aus dem Postausgang an den entsprechenden Online-Dienst verschickt, und im Gegenzug werden alle beim Online-Dienst wartenden E-Mails in den Posteingang übertragen.

! Wie viele E-Mails sind im Posteingang?

Die Anzahl der ungelesenen E-Mails im Posteingang können Sie in der Outlook-Leiste ablesen.

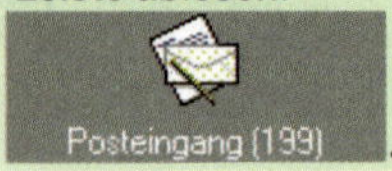

.

Neue E-Mails lesen

Nachdem Sie die neuen E-Mails auf Ihren Rechner übertragen haben, wollen Sie diese natürlich lesen.

1 Wechseln Sie gegebenenfalls in den Bereich

.

2 Alle neu eingegangenen E-Mails werden zunächst im Posteingang abgelegt. Noch nicht gelesene E-Mails werden hierbei fett formatiert, so daß sie sofort ins Auge fallen.

3 Zur ersten Information werden mit Hilfe der Funktion „AutoVorschau" die ersten Zeilen der E-Mails eingeblendet

Wenn Sie diese Funktion stört, können Sie sie im Menü Ansicht ausschalten.

4 Klicken Sie nun doppelt mit der linken Maustaste auf die E-Mail, die Sie lesen möchten.

5 Daraufhin wird die E-Mail in einem neuen Fenster dargestellt.

Über die **Bildlaufleiste** am rechten Fensterrand können Sie den über das Fenster hinausgehenden Text erreichen.

6 Nachdem Sie die E-Mail gelesen haben, schließen Sie das Dialogfenster mit einem Klick auf die Schaltfläche am rechten oberen Fensterrand.

Das Symbol vor der E-Mail ändert jetzt sein Aussehen: Ein geöffneter Briefumschlag weist darauf hin, daß Sie die E-Mail gelesen haben.

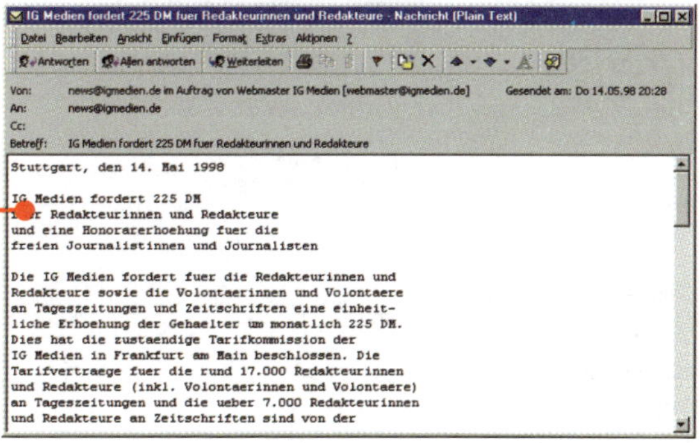

Ordner in Outlook 98 anlegen

Nach einiger Zeit werden Sie feststellen, daß sich im Posteingang von Outlook 98 eine Vielzahl von E-Mails sammeln, was die Übersicht schmälert. Abhilfe schafft das Anlegen von Ordnern innerhalb von Outlook 98, in die Sie die empfangenen E-Mails dann verschieben können.

1 Klicken Sie in der Menüleiste auf den Eintrag Ansicht.

! Bedeutung der unterschiedlichen Spalten

Anhand zusätzlicher Symbole in den einzelnen Spalten können Sie weitere Informationen über die eingegangenen E-Mail ablesen:

!	Priorität der E-Mail. Hoch (!), Niedrig (↓) und Normal.
	Objekttyp: E-Mail ( ), Datei ( ), Fax ( ), Übermittlungsbestätigung ( ),Lesebestätigung ( ) oder zusätzliche Informationen ( ).
	Kennzeichnung der E-Mail. Markierte Nachricht ( ), erledigte Nachricht ( ).
	Anlage. An die E-Mail ist eine Datei angehängt ( ).
Von	Absender der E-Mail
Betreff	Titel der E-Mail
Erhalten	Datum der E-Mail

2 Danach aktivieren Sie die Ordnerliste mit einem Klick auf den Befehl

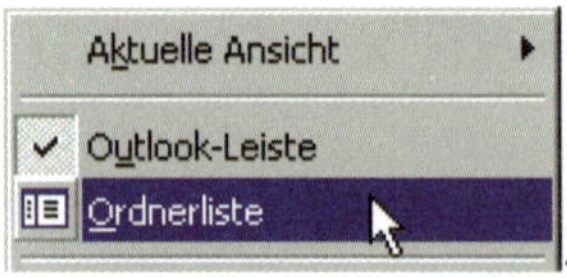

.

3 Links neben dem Posteingang wird nun die Ordnerliste eingeblendet.

4 Klicken Sie mit der rechten (!) Maustaste auf den Ordner, unter dem Sie einen neuen Ordner anlegen möchten. Wenn Sie beispielsweise alle E-Mails in einem eigenen Ordner verwalten wollen, klicken Sie mit der rechten (!) Maustaste auf den Ordner Outlook Heute - [Persönliche Ordner]

5 Wählen Sie aus dem **Kontextmenü** den Befehl

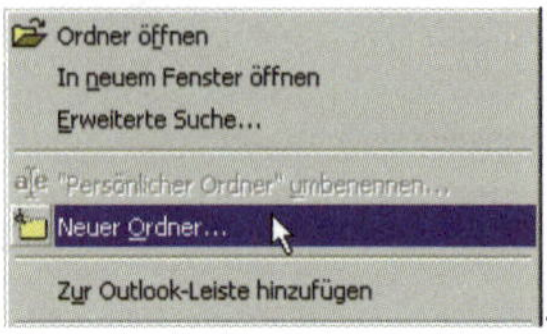

.

6 Im sich nun öffnenden Dialogfenster **Neuen Ordner erstellen** nehmen Sie alle Einstellungen für den neuen Ordner vor.

! Bedeutung der einzelnen Ordner

Outlook Heute - [Persönliche Ordner] Dieser Ordner bildet die Basis für Outlook 98. Unterhalb dieses Ordners sind alle weiteren Ordner angeordnet.

Aufgaben Hier finden Sie alle Aufgabenobjekte von Outlook 98.

Entwürfe Nicht abgesendete E-Mails werden von Outlook 98 in diesem Ordner zwischengespeichert.

Gelöschte Objekte Sofern Sie Elemente innerhalb von Outlook 98 löschen, werden diese zunächst in diesen Ordner verschoben.

Gesendete Objekte In diesem Ordner sind alle bereits versendeten Objekte aufgeführt.

Journal Hier finden Sie alle Journaleinträge von Outlook 98.

Kalender Alle Termine, Ereignisse etc. finden in diesem Ordner Aufnahme.

Kontakte Hier sind alle Kontakte innerhalb von Outlook 98 vermerkt.

Notizen Sämtliche Notizen aus Outlook 98 sind in diesem Ordner zusammengefaßt.

Postausgang Alle zum Versenden bereitgestellten E-Mails befinden sich im Postausgang. Nach dem Versenden werden sie in den Ordner „Gesendete Objekte" verschoben.

Posteingang Im Posteingang werden zunächst alle neu eingegangenen Nachrichten gesammelt.

Tippen Sie zunächst in das erste Feld den Namen für den neuen Ordner ein.

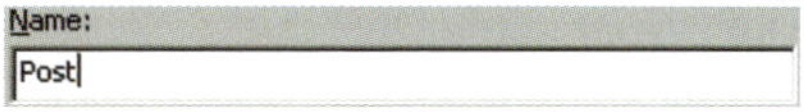

7 Danach legen Sie fest, welche Elemente der neue Ordner enthalten soll. Standardmäßig ist bereits die Option

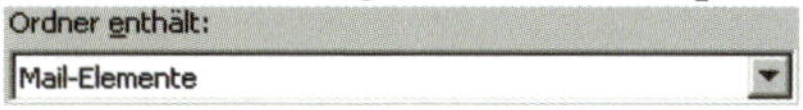

ausgewählt.

8 Auf Wunsch können Sie nun noch Änderungen an der Position des neuen Ordners vornehmen. Markieren Sie unter

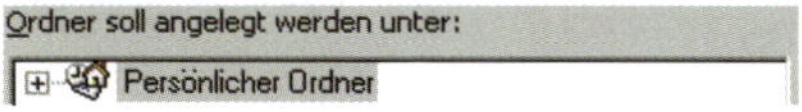

den Ordner, unter dem der neue Ordner angelegt werden soll.

9 Anschließend bestätigen Sie alle Einstellungen mit einem Klick auf die Schaltfläche

.

10 Jetzt können Sie auch noch eine Verknüpfung zu dem neu angelegten Ordner in der Outlook-Leiste „Eigene Verknüpfungen“ anlegen. Bestätigen Sie in diesem Fall das Dialogfenster

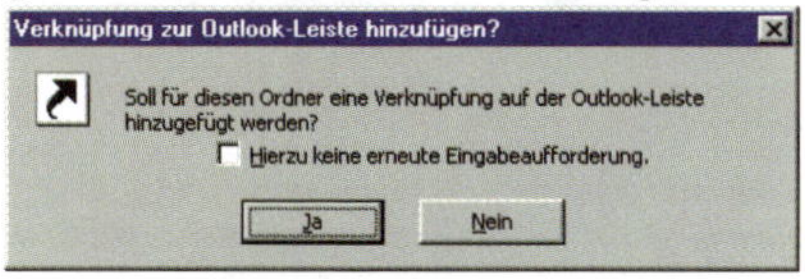

mit einem Klick auf die Schaltfläche

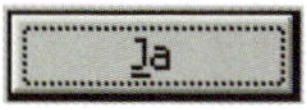

.

11 Der neue Ordner erscheint schließlich in der Ordner-Leiste von Outlook 98.

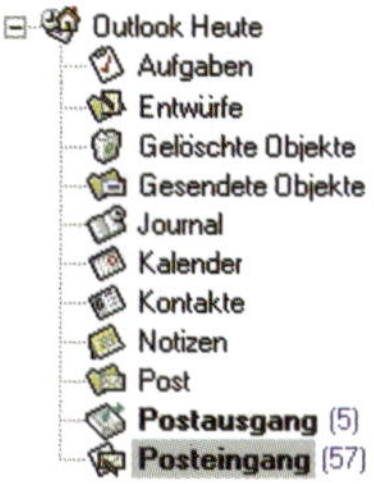

! Gut strukturiert durch die E-Mail-Flut

Wenn Sie viele E-Mails erhalten, wird Ihnen mit einem einzigen Ordner nicht geholfen sein. Legen Sie noch weitere Ordner unterhalb des Ordners „Post“ an, damit Sie die eingegangenen E-Mails besser sortieren können.

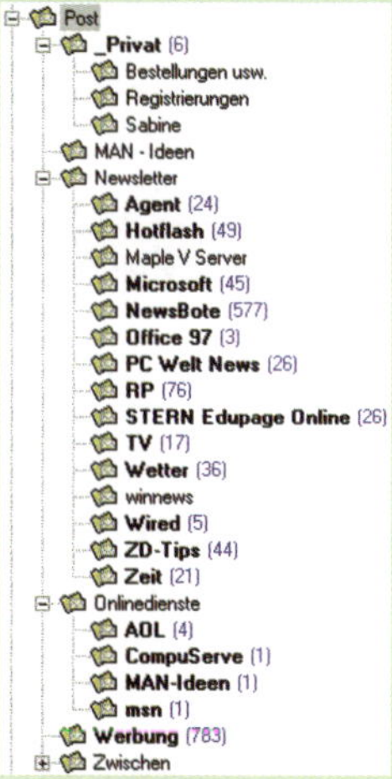

E-Mails in andere Ordner verschieben

Nachdem Sie für eine strukturierte Verwaltung Ihrer E-Mails Ordner angelegt haben, können Sie nun damit beginnen, die E-Mails aus dem Posteingang in die neuen Ordner zu verschieben.

1 Wechseln Sie gegebenenfalls in den

.

2 Falls die Ordnerliste von Outlook 98 nicht dargestellt werden sollte, aktivieren Sie sie, wie im Abschnitt „Ordner in Outlook 98 anlegen“, Schritt 1 und 2 beschrieben.

3 Klicken Sie mit der linken Maustaste auf die E-Mail, die Sie verschieben wollen, und halten Sie die Maustaste gedrückt.

4 Verschieben Sie die E-Mail nun mit gedrückter (!) linker Maustaste in den gewünschten Ordner.

5 Sobald Sie hier die linke Maustaste lösen, wird die markierte E-Mail augenblicklich in den Zielordner verschoben und verschwindet aus dem Posteingang.

E-Mails beantworten

Wenn Sie der Verfasserin oder dem Verfasser einer empfangenen E-Mail antworten möchten, können Sie mit wenigen Mausklicks das hierzu nötige Fenster auf den Bildschirm zaubern.

1 Öffnen Sie per Doppelklick mit der linken Maustaste die E-Mail, auf die Sie antworten wollen.

2 Danach klicken Sie in der Symbolleiste der

! Mehrere E-Mails auf einmal verschieben

Wenn Sie mehrere E-Mails gleichzeitig in einen Ordner verschieben möchten, können Sie diese zuvor markieren und dann in einem Rutsch verschieben. Markieren Sie hierzu jede einzelne zu verschiebende E-Mail, indem Sie sie anklicken und dabei die [Strg]-Taste gedrückt halten. Erst wenn Sie auf diese Weise auch die letzte E-Mail markiert haben, lösen Sie die [Strg]-Taste und fahren mit der Verschiebung fort.

dargestellten Nachricht auf die Schaltfläche .

3 Ein neues Fenster wird geöffnet, in dem Sie Ihre Antwort eintragen können.

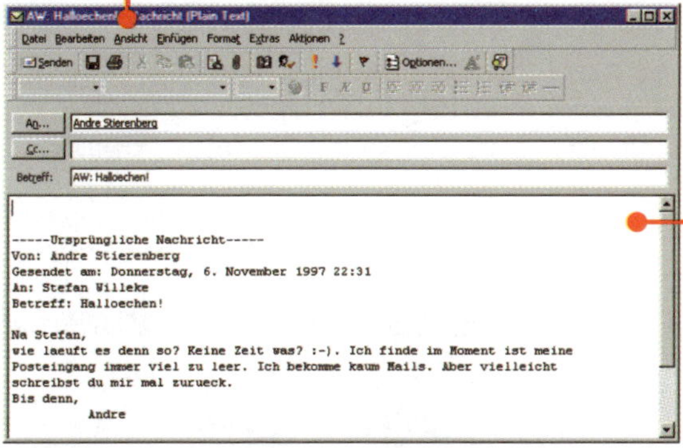

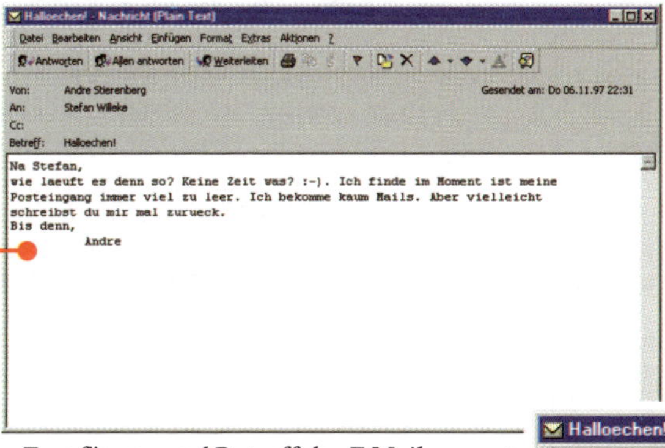

Empfänger und Betreff der E-Mail wurden bereits aus der vorhergehenden E-Mail übernommen.

Dem ursprünglichen Betreff wurde die Zeichenkette „AW:“ vorangestellt, damit die E-Mail auf Anhieb als Antwort erkannt werden kann.

Der Betreff läßt sich aber auch noch von Hand verändern.

Der Text der ursprünglichen E-Mail ist ebenfalls automatisch eingeblendet.

Sie können also beim Eingeben der Antwort stets auf den ursprünglichen Text Bezug nehmen.

4 Nachdem Sie Ihre Antwort eingetippt haben, klicken Sie auf die Schaltfläche .

Die E-Mail wird daraufhin in den Postausgang verschoben.

5 Jetzt wird wieder die ursprüngliche E-Mail dargestellt. Damit Sie zu einem späteren Zeitpunkt nachvollziehen können, wann Sie eine Antwort geschrieben haben, wird diese Information in die E-Mail eingeblendet.

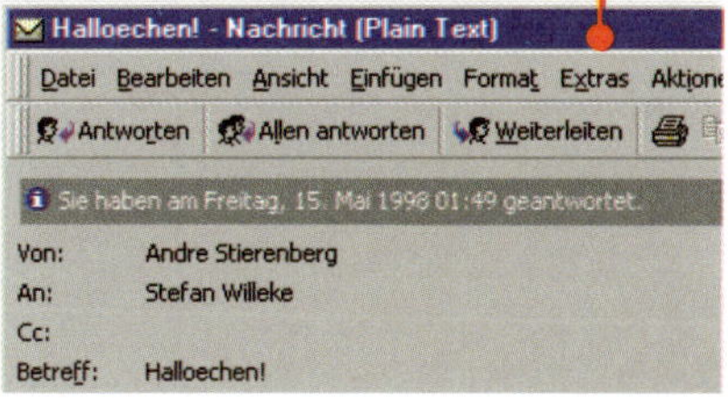

Schließen Sie das Dialogfenster der ursprünglichen Nachricht mit einem Klick auf das Symbol

.

Im Ordner ändert sich nun das Symbol, das der beantworteten E-Mail vorangestellt ist: 

Der geöffnete Briefumschlag weist darauf hin, daß Sie die E-Mail gelesen haben, der nach links weisende Pfeil hingegen, daß Sie auf die E-Mail geantwortet haben.

E-Mails weiterleiten

Sie haben eine interessante E-Mail erhalten und möchten diese an jemanden weiterreichen? Kein Problem mit Outlook 98.

1 Öffnen Sie die E-Mail, die Sie weiterleiten wollen, per Doppelklick mit der linken Maustaste.

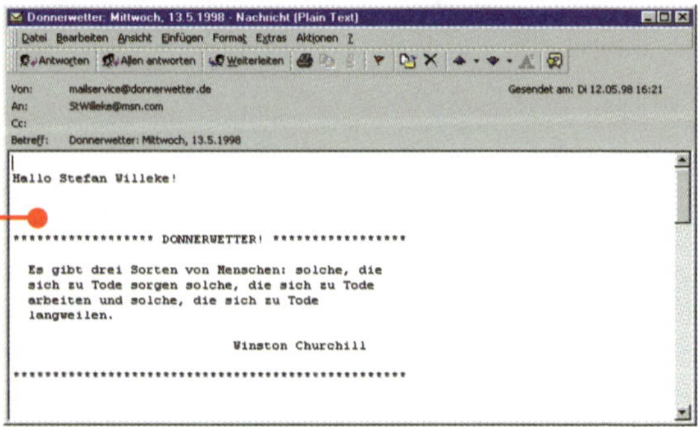

2 Klicken Sie in der Symbolleiste der E-Mail auf die Schaltfläche

.

3 Im nachfolgenden Dialogfenster müssen Sie nun lediglich den Empfänger der E-Mail eintragen.

4 Wenn Sie danach in der Symbolleiste auf die Schaltfläche

klicken, wird die Weiterleitung in den Postausgang gelegt und bei der nächsten Verbindung zum Online-Dienst versendet.

5 Vergessen Sie nicht, die ursprüngliche E-Mail, die noch immer dargestellt wird, zu schließen.

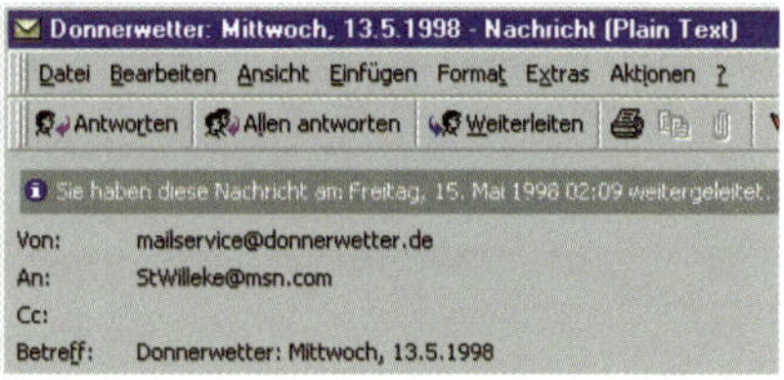

Klicken Sie hierzu mit der linken Maustaste auf die Schaltfläche am rechten oberen Fensterrand.

Das Symbol vor der weitergeleiteten E-Mail ändert im Ordner sein Aussehen. Jetzt wird ein geöffneter Briefumschlag mit einem nach rechts weisenden Pfeil dargestellt, der die Weiterleitung symbolisiert.

! Posteingang und Vorschaufenster

Standardmäßig ist für den Posteingang die „AutoVorschau“ aktiviert, während in weiteren Mail-Ordnern das „Vorschaufenster“ eingeschaltet ist.

AutoVorschau und Vorschaufenster nutzen

Mit Hilfe der beiden Befehle „AutoVorschau“ und „Vorschaufenster“ können Sie E-Mails schneller lesen. Dabei besteht die Möglichkeit, beide Befehle miteinander zu kombinieren oder aber auch nur eine der beiden Funktionen zu nutzen.

1 Wechseln Sie in den Ordner, für den Sie die Einstellungen vornehmen möchten.

2 Klicken Sie in der Menüleiste mit der linken Maustaste auf den Eintrag

.

3 Die eingeschalteten Funktionen erkennen Sie an dem vorangestellten Symbol.

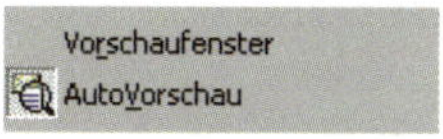

Erscheint das Symbol eingerastet, ist die Funktion aktiviert. Wenn Sie diese Einstellung ändern möchten, klicken Sie mit der linken Maustaste auf die andere Funktion.

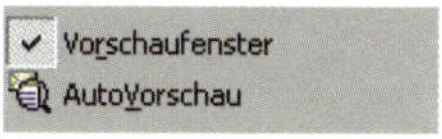

4 Im aktuellen Ordner wird nun die gewünschte Funktion dargestellt.

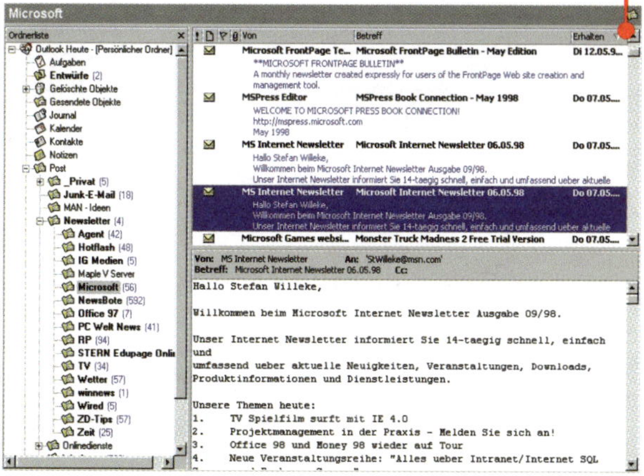

Die übrigen Ordner bleiben von den Einstellungen unberührt. Sie können für jeden Ordner unterschiedliche Ansichten wählen.

Regeln für eingehende E-Mails aufstellen

Der Regel-Assistent kann Ihnen dabei helfen, Ihren Posteingang von E-Mails aus Mailinglisten freizuhalten oder wichtige E-Mails in einen besonderen Ordner zu verschieben. Hierzu können Sie mit dem Regel-Assistenten Regeln aufstellen, nach denen die eingehenden E-Mails überprüft und automatisch verarbeitet werden. Für die Definition neuer Regeln nutzen Sie den Befehl „Organisieren".

1 Wechseln Sie gegebenenfalls in den

.

2 Klicken Sie in der Symbolleiste mit der linken Maustaste auf das Symbol

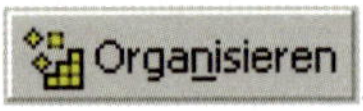

.

3 Anschließend markieren Sie im Posteingang eine E-Mail von dem Absender, zu dem Sie eine neue Regel aufstellen möchten.

4 Im Bereich „Organisation" wird der Absender der markierten Nachricht analysiert und in die Regel eingefügt.

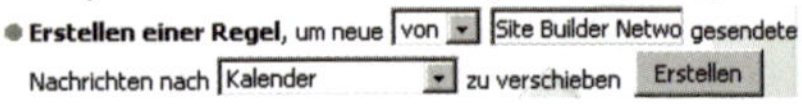

5 Ändern Sie den Zielordner, in den die neu eintreffende E-Mail verschoben werden soll. Klicken Sie hierzu mit der linken Maustaste auf den Abwärtspfeil

6 Die zehn zuletzt genutzten Ordner werden direkt aufgeführt. Sofern Sie einen dieser Ordner als Ziel akzeptieren, klicken Sie diesen mit der linken Maustaste an.

7 Falls der von Ihnen bevorzugte Ordner nicht in der Liste enthalten sein sollte, klicken Sie mit der linken Maustaste auf den Eintrag

.

8 Wählen Sie im sich nun öffnenden Dialogfenster **Ordner auswählen** den gewünschten Ordner. Wenn der Ordner nicht dargestellt wird, da er ein Unterordner eines anderen Ordners ist, klicken Sie mit der linken Maustaste auf das ⊞-Zeichen vor dem übergeordneten Ordner.

Daraufhin werden die Unterordner eingeblendet, und Sie können den gewünschten Ordner per Mausklick auswählen.

9 Bestätigen Sie die Wahl des Zielordners mit einem Klick auf die Schaltfläche 

.

10 Zum Schluß bestätigen Sie die neue Regel

mit einem Klick auf die Schaltfläche

.

Beim nächsten Eintreffen einer E-Mail des entsprechenden Absenders wird die Nachricht automatisch in den gewählten Ordner verschoben.

Regeln modifizieren

Die aufgestellten Regeln können Sie selbstverständlich jederzeit wieder ändern.

1 Wechseln Sie gegebenenfalls in den

.

2 Dort klicken Sie mit der linken Maustaste in der Menüleiste auf den Eintrag 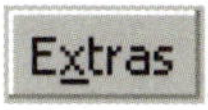

.

3 Wählen Sie im geöffneten 

-Menü den Befehl

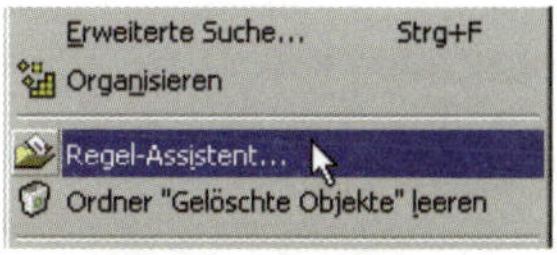

.

Wo sind die neuen E-Mails?!

Achtung! Wenn Sie nach dem Verbindungsaufbau zu Ihrem Online-Dienst keine neuen E-Mails im Posteingang finden, so muß dies nicht zwangsläufig bedeuten, daß Sie keine neuen E-Mails empfangen haben. Eventuell sind alle eingegangenen E-Mails sofort verschoben worden.

In der Task-Leiste von Windows macht Sie ein Symbol auf eingetroffene neue E-Mails aufmerksam.

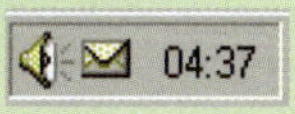

4 Im Dialogfenster **Regel-Assistent** werden alle bisher definierten Regeln aufgelistet.

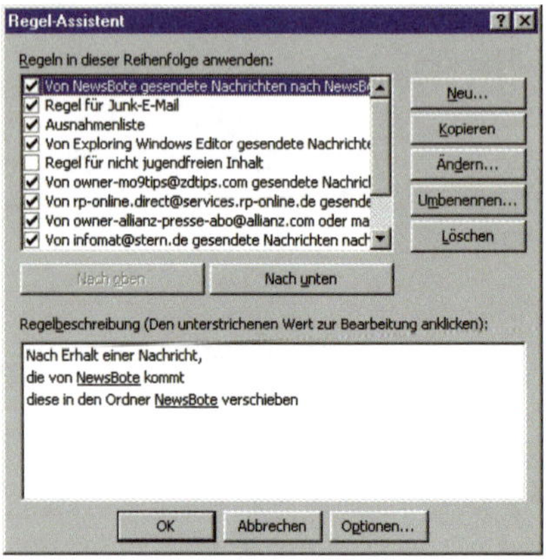

Markieren Sie zunächst die zu ändernde Regel mit einem Mausklick.

Unterhalb der Regel-Liste finden Sie eine Beschreibung der ausgewählten Regel.

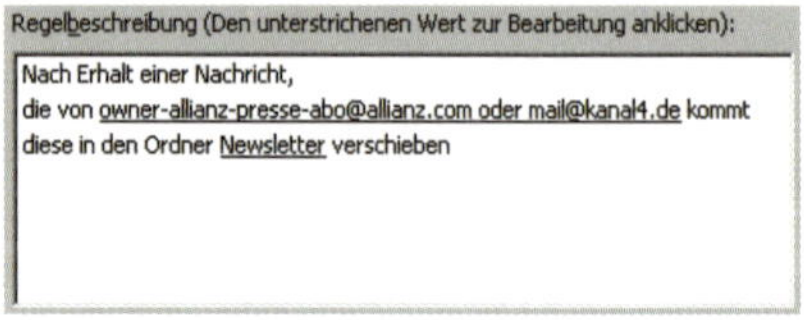

5 Danach klicken Sie mit der linken Maustaste auf jenes Element, das Sie ändern möchten.

6 Im nachfolgenden Dialogfenster können Sie nun die gewünschten Änderungen vornehmen.

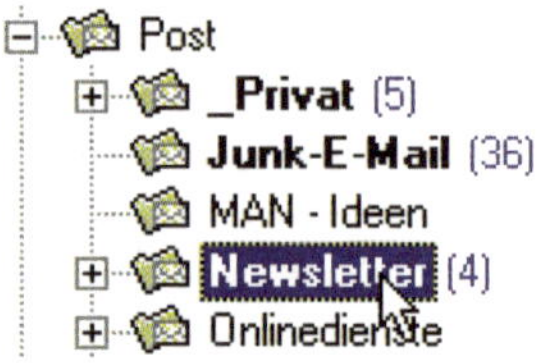

Bestätigen Sie Ihre Wahl mit einem Klick auf die Schaltfläche

.

7 Damit die Änderungen wirksam werden, klicken Sie abschließend mit der linken Maustaste auf die Schaltfläche

.

E-Mails suchen

Im Eifer des Gefechts kann schon mal eine E-Mail scheinbar verlorengehen. Bei der Fahndung nach der E-Mail hilft Ihnen Outlook 98.

1 Wechseln Sie gegebenenfalls in den

.

2 Klicken Sie in der Symbolleiste mit der linken Maustaste auf das Symbol

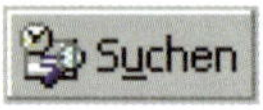

.

3 Oberhalb der E-Mails öffnet sich nun der Suchen-Dialog.

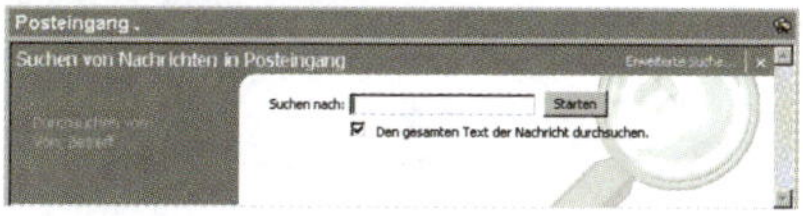

Wenn Sie lediglich den aktuellen Ordner nach einer Nachricht durchsuchen möchten, geben Sie den Suchbegriff in das Feld

ein.

Anschließend klicken Sie auf die Schaltfläche

.

4 Für die Suche nach E-Mails in sämtlichen Ordnern von Outlook 98 müssen Sie sich der erweiterten Suche bedienen. Klicken Sie hierzu mit der linken Maustaste auf das Symbol

.

5 Danach tragen Sie den gewünschten Suchbegriff in das Feld

ein.

6 Legen Sie als nächstes fest, wo nach dem Begriff gesucht werden soll.

Klicken Sie mit der linken Maustaste auf den Abwärtspfeil des Feldes

und markieren Sie den gewünschten Suchbereich in der sich öffnenden Liste.

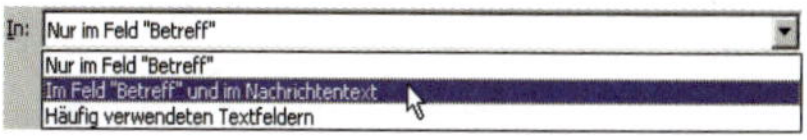

7 Falls Sie sich an den Absender der Nachricht erinnern sollten, können Sie diesen in das Feld

eintippen.

Sofern Sie nach einer E-Mail suchen, die Sie selbst verfaßt haben, können Sie sich vielleicht an den Empfänger erinnern. Tragen Sie diesen dann in das entsprechende Feld ein.

8 Den Suchbereich wählen Sie im Feld

Klicken Sie mit der linken Maustaste auf die Schaltfläche

.

9 Anschließend markieren Sie im Dialogfenster **Ordner auswählen** jene Ordner, die Sie durchsuchen möchten. Hierzu klicken Sie mit der linken Maustaste in die den Ordnern vorangestellten **Kontrollkästchen**.

Solange Sie nicht die Option

☑ Untergeordnete Ordner durchsuchen

deaktiviert haben, werden stets auch die den markierten Ordnern untergeordneten Ordner durchsucht.

Bestätigen Sie die Wahl der Ordner mit einem Klick auf die Schaltfläche

OK.

10 Setzen Sie die Suche nach den E-Mails, die Ihren Kriterien entsprechen, mit einem Klick auf die Schaltfläche

Starten

in Gang.

11 Nun werden alle ausgewählten Ordner entsprechend Ihren Vorgaben durchsucht.

Das Suchergebnis wird unterhalb des Suchen-Dialogs aufgeführt.

12 Wenn Sie eine E-Mail einsehen möchten, klicken Sie sie mit der linken Maustaste doppelt an.

Weitere Einstellungen

In den beiden Registerkarten

Weitere Optionen | Erweitert

können Sie weitere Sucheigenschaften vorgeben, die jedoch den Rahmen dieses Buches sprengen würden. Hier ist es zum Beispiel möglich, Attribute wie Gelesen, Ungelesen oder die Größe zu berücksichtigen. In der Registerkarte „Erweitert" können Sie schließlich jedes Feld eines Elements als Suchkriterium definieren.

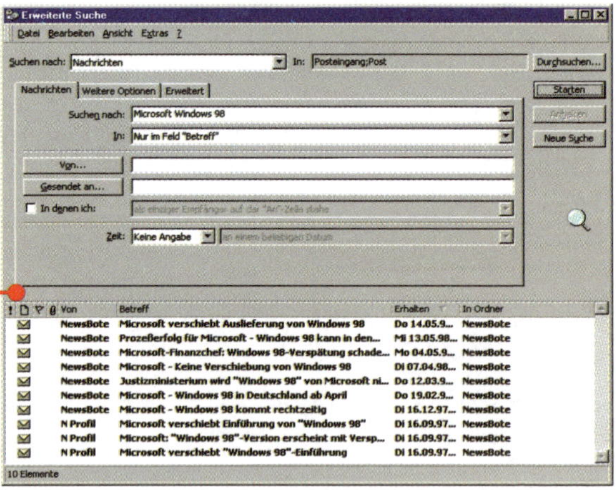

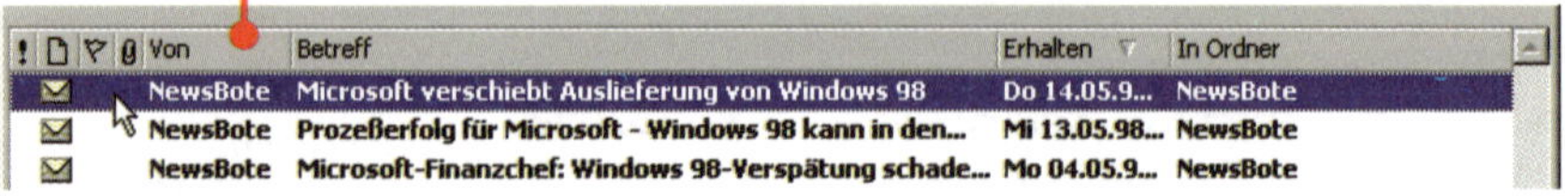

13 Nachdem Sie Ihre Suche abgeschlossen haben, schließen Sie das Dialogfenster Erweiterte Suche mit einem Klick auf die Schaltfläche am oberen rechten Fensterrand.

E-Mails drucken

Auch im Zeitalter des papierlosen Büros und der elektronischen Kommunikation ist es bisweilen nötig, eine E-Mail zu Papier zu bringen. Gehen Sie hierzu wie folgt vor.

1 Wechseln Sie gegebenenfalls in den

.

2 Navigieren Sie über die Ordnerleiste in jenen Ordner, der die auszudruckende E-Mail enthält.

3 Danach klicken Sie mit der linken Maustaste doppelt auf die gewünschte E-Mail.

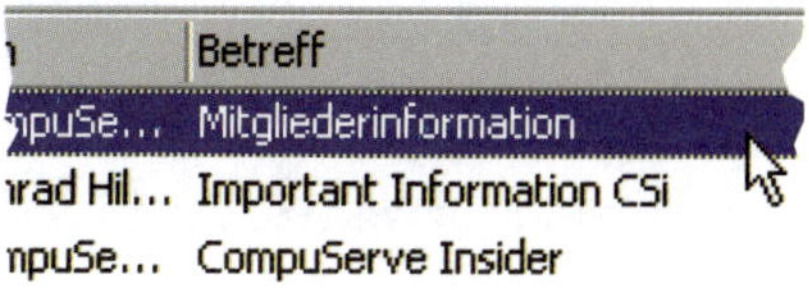

4 Sobald Sie jetzt in der Symbolleiste auf das Symbol

klicken, wird die E-Mail ausgedruckt.

Was ist eigentlich ...

Arbeitsspeicher

Der Arbeitsspeicher – auch RAM (Random Access Memory, flüchtiger Arbeitsspeicher) genannt – ist neben dem Prozessor das wichtigste Element des Computers. Die Größe des RAM entscheidet mit darüber, wie zügig Sie mit Ihrem Computer und den darauf installierten Programmen arbeiten können. Ein Computer mit Windows 95 sollte mit mindestens 16 Megabyte RAM ausgestattet sein.

Betriebssystem

Das Betriebssystem ist das zentrale Programm eines Computers, das gleich nach dem Einschalten geladen wird. Ohne ein Betriebssystem ist kein PC lauffähig. Erst mit einem Betriebssystem können weitere Programme geladen werden. Bekannte Betriebssysteme sind zum Beispiel MS-DOS, Windows 95, Windows 98, Windows NT und OS/2.

Bildlaufleiste

Sobald der Inhalt eines Fensters nicht mehr vollständig dargestellt werden kann, stehen am rechten beziehungsweise unteren Rand des Fensters Bildlaufleisten zur Verfügung. Über diese Bildlaufleisten läßt sich der Inhalt des Fensters nach oben und unten oder nach rechts und links verschieben. Klicken Sie hierzu mit der linken Maustaste auf das Rechteck, halten Sie die Maustaste gedrückt, und ziehen Sie die Maus in die gewünschte Richtung.

Was ist eigentlich ...

Damit der Inhalt des Fensters zeichenweise verschoben wird, klicken Sie mit der linken Maustaste auf eine der äußeren Pfeilspitzen an den Enden einer Bildlaufleiste

CD-ROM

CD-ROMs sind CDs speziell für den Computer. Im Gegensatz zur herkömmlichen Audio-CD können CD-ROMs nicht nur Musik, sondern auch Daten wie Programme, Bilder, Texte und Videos enthalten. Der Bestandteil „ROM" (Read Only Memory, Nur-Lese-Speicher) im Namen weist darauf hin, daß CD-ROMs nur gelesen, nicht jedoch beschrieben werden können.

Datenbank

Eine Datenbank ist eine Sammlung zusammengehörender Daten und Informationen, etwa der Adressen im Bereich Kontakte. Eines der bekanntesten eigenständigen Datenbankprogramm ist Microsoft Access.

DFÜ

DFÜ steht für den Begriff „Daten-Fern-Übertragung" und bezeichnet den Austausch von Informationen zwischen zwei Computern mittels des Telefonnetzes.

Dialogfenster

In Dialogfenstern können Sie Daten oder Texte eingeben, die das Programm

Was ist eigentlich ...

nach der Eingabe weiterverarbeitet.

E-Mail-Adresse

Nahezu jeder Teilnehmer im Internet verfügt über eine E-Mail-Adresse. Die E-Mail-Adresse ähnelt im Prinzip der klassischen Postadresse, die ebenfalls weltweit einmalig ist. E-Mail-Adressen sind jedoch wesentlich kürzer, und vor allem erreichen E-Mails ihre Empfänger deutlich schneller. Einmal um den Globus in wenigen Sekunden ist da keine Ausnahme. E-Mail ist die Abkürzung für „Electronic Mail" = elektronische Post. E-Mail-Adressen weisen stets das Format name@domain.xyz auf, beispielsweise StWilleke@msn.com

Eingabefeld

Eingabefelder ermöglichen die Eingabe von Daten und Informationen.

Homepage

Die erste Seite eines World-Wide-Web-Angebots wird Homepage oder Startseite genannt. Zunehmend führen auch Privatpersonen eigene Homepages.

Installation

Bei der Installation eines Programms werden alle benötigen Daten von CD-

Was ist eigentlich ...

ROM oder Diskette auf die Festplatte des Computers übertragen. Gleichzeitig wird das Programm angemeldet, und wichtige Einstellungen werden vorgenommen. Die meisten Installationsprogramme starten nach dem Einlegen der CD-ROM in das Laufwerk und dem Schließen der Schublade.

Internet

Das Internet ist ein weltweiter Verbund von Computern, die Daten über Stand- und Telefonleitungen austauschen. Die meisten Computer im Internet sind Bestandteil öffentlicher Institutionen wie Bibliotheken oder Forschungseinrichtungen. Über den Computerverbund können Sie Informationen laden, aber auch elektronische Post verschicken und empfangen.

ISDN

Mit ISDN („Integrated Services Digital Network", Digitales Netz für alle Telekommunikations-Dienste") wird das moderne digitale Telefonnetz bezeichnet, das durchgehend digital arbeitet. Hierdurch sind Telefonate mit beachtlicher Qualität und Datenübertragungen mit einer hohen Geschwindigkeit von bis zu 64.000 Bit pro Sekunde möglich.

Kontrollkästchen

Kontrollkästchen ermöglichen es, in Dialogfenstern Funktionen ein- oder auszuschalten. Klicken Sie mit der linken Maustaste auf ein Kontrollkästchen,

Was ist eigentlich ...

um dieses zu aktivieren oder zu deaktivieren.

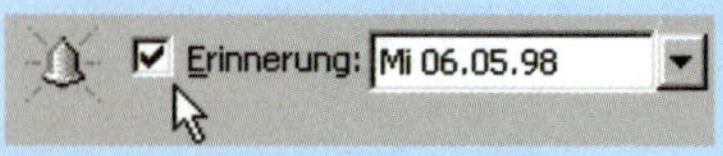

Kontextmenü

Mit einem Klick auf die rechte(!) Maustaste öffnen Sie das Kontextmenü. Im Kontextmenü befinden sich – je nach Position des Mauszeigers beim Aufruf – situationsbezogene Befehle und Funktionen.

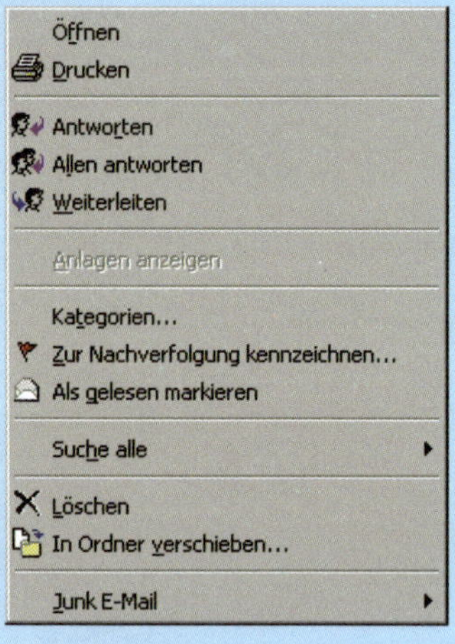

Mailingliste

Mailinglisten sind elektronische Abonnements ähnlich dem Abonnement einer Zeitung. Sie erhalten so regelmäßig Informationen von einem Anbieter, beispielsweise einer PC-Zeitschrift, Fernsehzeitschrift oder eines Nachrichtensenders.

Was ist eigentlich ...

Menüleiste

Über die Menüleiste, die Sie in nahezu allen Windows-Programmen unterhalb der Titelleiste finden, erhalten Sie Zugriff auf alle Befehle und Funktionen eines Windows-Programms. In den einzelnen Menüs werden die Befehle und Funktionen zumeist thematisch sortiert aufgeführt.

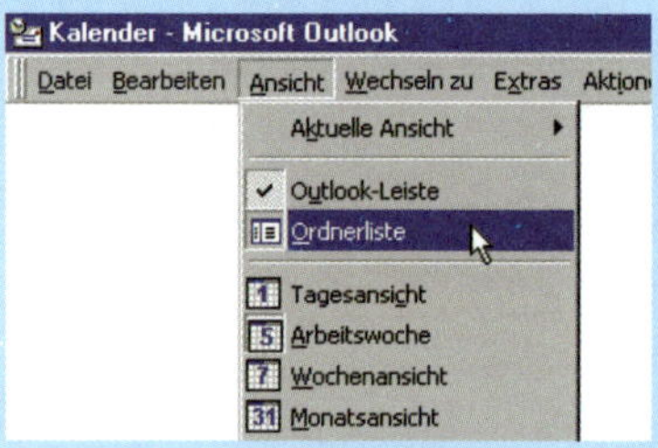

Office

Office-Pakete enthalten alle Programme, die Sie normalerweise im Büro benötigen. Bei Microsoft Office sind das die Textverarbeitung „Word“, die Tabellenkalkulation „Excel“, das Präsentationsprogramm „Powerpoint“ sowie das Programm „Outlook“. Der Vorteil von Office-Paketen: Alle Programme arbeiten problemlos zusammen und können ohne weiteres Daten miteinander austauschen. Ein weiteres bekanntes Office-Paket ist die Smart Suite von Lotus.

Online-Dienst

AOL, CompuServe, MSN und T-Online sind die in Deutschland bekanntesten Online-Dienste. Diese stellen ihre Angebote über Telefonleitungen bereit

Was ist eigentlich ...

(„Online sein“ = die Leitung benutzen). In der Regel können Sie über einen Online-Dienst elektronische Post verschicken, im Internet beziehungsweise World Wide Web surfen und vieles mehr. Online-Dienste bieten große Teile ihres Angebots exklusiv für ihre Mitglieder an.

Ordner

Die Daten auf der Festplatte sind in einzelnen Ordnern gespeichert. In anderen Betriebssystemen werden Ordner auch Verzeichnisse genannt. Wenn sich innerhalb eines Ordners weitere Ordner befinden, werden diese als Unterordner bezeichnet.

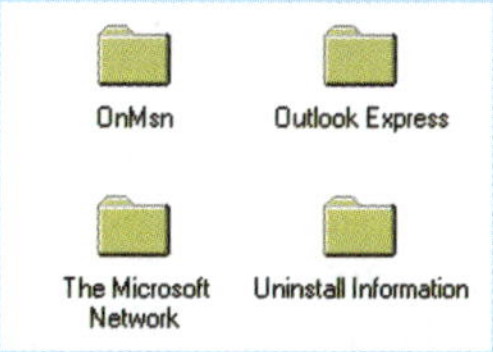

Prozessor

Die zentrale Recheneinheit des Computers wird als Prozessor bezeichnet. Hier werden fast alle Berechnungen des Computers durchgeführt. Gängige Prozessoren sind Intels Pentium (MMX), Pentium Pro und Pentium II.

Registerkarte

Oftmals stehen in einem Dialogfenster mehrere Seiten mit Einstellungsmöglichkeiten zur Verfügung. Welche der Seiten Sie darstellen, können Sie über kleine Felder am oberen Fensterrand

Was ist eigentlich ...

auswählen. Diese Felder ähneln den Aufsteckern an „echten“ Karteiregistern.

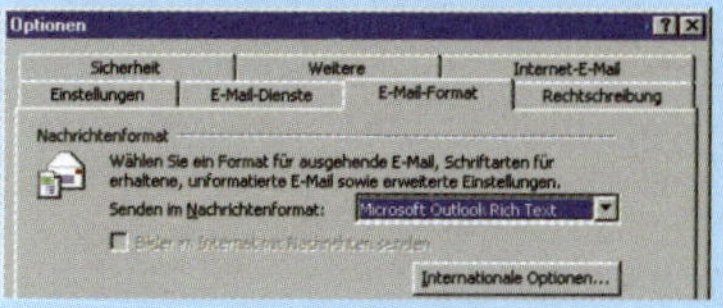

Startleiste

Die Startleiste von Windows 95 hat ihren Namen von der Schaltfläche

.

In der Startleiste werden alle gerade geladenen Programme mit Symbol und Namen aufgelistet. Ein Mausklick auf das entsprechende Symbol genügt, um die jeweilige Anwendung auf den Bildschirm zu holen.

Was ist eigentlich …

Über die Schaltfläche 

können Sie auf alle installierten Programme zugreifen.

Symbol

Symbole sind im Prinzip nichts anderes als bildlich dargestellte Befehle. Welcher Befehl einem Symbol zugewiesen ist, können Sie mit Hilfe der QuickInfo-Funktion feststellen: Positionieren Sie den Mauszeiger auf dem zu identifizierenden Symbol, und bewegen Sie den Mauszeiger für einige Sekunden nicht. Dann erscheint eine Kurzinfo zum zugehörigen Befehl.

Symbolleiste

In Symbolleisten werden Befehle in Symbolform zusammengefaßt dargestellt. Auf diese Weise können Sie schneller auf die entsprechenden Befehle zugreifen, da Sie nicht erst das zugehörige Menü öffnen müssen.

Was ist eigentlich …

URL

URL steht für „Uniform Ressource Locator", die Adreßbezeichnungen des Internets. URLs auf einer WWW-Seite werden auch als „Verweise" (englisch „Links") bezeichnet. Per Mausklick auf solch einen normalerweise farbig unterlegten Verweis gelangen Sie zur betreffenden Internet-Seite.

Windows NT

Als Nachfolger von Windows 3.x wurde Windows NT von Microsoft entwickelt. „NT" steht für „New Technology" – neue Technologie.

World Wide Web

Das World Wide Web (oder auch WWW) ist ein Teilbereich des weltweiten Internets. Es gibt weltweit zig Millionen WWW-Seiten. Zur Darstellung von WWW-Seiten benötigen Sie einen sogenannten Browser, beispielsweise den Microsoft Internet Explorer oder den Netscape Navigator.

Die Lloyd–Hopkins–Trilogie

»L. A. Noir« umfaßt die drei großartigen Krimis um Sergeant Lloyd Hopkins: »Blut auf dem Mond«, »In der Tiefe der Nacht« und »Hügel der Selbstmörder«. Eine Trilogie über den besten, aber auch den verrücktesten Mann im Morddezernat der Polizei von Los Angeles.

James Ellroy · L. A. Noir
656 Seiten · ISBN 3-550-08262-2

»Er schreibt die blutigsten Krimis Amerikas.«
ZEITMAGAZIN

Ullstein Verlag